アニーの冷たい朝

黒川博行

角川文庫
22132

1

コーポ・パークサイド前の公衆電話ボックスから電話をかけると、二回のコールでアニーが出た。

――川野《かわの》さんのお宅ですか。

――いえ、川瀬《かわせ》です。

――あ、失礼。

電話を切った。アニーは部屋にいる。

バッグを提げ、ボックスを出て周囲を見まわした。遠く児童公園から子供の歓声が聞こえる。昼下がりの住宅街に人影はない。

一方通行の道路を横切って、パークサイドの敷地内に入った。白磁タイル敷きのアプローチを抜けて玄関ホール。受付窓口に誰もいないのを見て、右奥の階段を足早に上る。エレベーターは使わない。

二階、廊下の突きあたり、二一二号室のネームプレートを見上げながら、革手袋をつける。バッグからデパートの包装紙に包んだ空箱を出し、インターホンのボタンを押した。ドアスコープの視野に入らないよう左に寄る。

はい、どなたですか——スピーカーを通して、アニーのこころもち高い声が聞こえた。

宅配便です、印鑑をお願いします——答えると、少し間があって、ドアが細めに開いた。隙間に向かって空箱を差し出す。箱はドアチェーンをかけたままでは手渡せない大きさに作ってある。

どうもすみません、いってアニーはチェーンを外した。

印鑑がなければサインでもけっこうです、いいながら、バッグを掴《つか》んで、すばやく室内に侵入した。

アニーは怯《おび》えたように一、二歩後ずさりした。

大きく見開いた眼をじっと見つめたまま、バッグと空箱をシューズボックスの上に置く。

アニーの表情が恐怖に歪《ゆが》んだ。指先で壁を伝いながらなおも後ずさり、それを追って少しずつ間合いをつめる。

一瞬、アニーは背中を向けた。逃げようとする細い体に飛びかかり、重なりあって倒れる。

「助けて」悲鳴をあげるアニーの口を左手でふさぎ、右腕を首にまわして絞めあげる。

アニーの悲鳴は呻《うめ》きに変わり、まわされた腕を外そうと懸命に抗《あらが》う。

右腕に左手を添えて力の限り絞めた。アニーは太腿《ふともも》まで露《あらわ》になった素足で壁を蹴《け》る。まぶしい白さが残像となって瞼《まぶた》の裏に焼きつく。

「死、死、死、死、死……」一秒ずつ時刻を読むように呟《つぶや》きながら、絞め続ける。アニーは硬直し、短い痙攣《けいれん》が断続的に四肢を走る。

「死、死、死、死、死……」

正確に百二十をカウントしたとき、アニーは虚空を睨《にら》んで絶命していた。

痺《しび》れた腕を解いて立ち上り、ひっかかれた手の傷を舐《な》めながら振り返ると、玄関ドアは開いたままだった。

被害者はセーラー服を身につけ、テニスシューズを履いていた。川瀬深雪《みゆき》、二十一歳、豊中《とよなか》市蛍池《ほたるがいけ》の府立病院に勤務する看護師で、今春四月、同市服部本町《はっとりほんまち》のアパート、『コーポ・パークサイド』に入居している。

死体の発見者はパークサイドの管理人だった。十二月二日、正午過ぎ、病院から連絡があって、川瀬深雪が出勤せず、電話をかけると三時間あまりも話し中なので、ようすを見てもらえないかという。管理人は深雪の部屋に出向き、インターホンのボタンを押した。応答はない。ドアのノブをまわしてみると施錠はされておらず、管理人はドアをいっぱいに開け放して中に入った。玄関、沓脱《くつぬぎ》の向こう、カーペット敷きの廊下の真中に、スリッパがひとつ裏返しになってころがっている。管理人は奥に向かって声をかけ、少し待ってサンダルを脱いだ。ダイニングキッチンを通って続きの六畳間に足を踏み入れたとき、彼は声にならない悲鳴をあげた。

見分を終えて、谷井《たにい》はベランダに出た。手袋をとり、胸のポケットからたばこを取り出したところへ矢代《やしろ》が来た。

吸うか、と眼で問いかけてパッケージを差し出すと、矢代はひょいと頭を下げて一本抜き、マッチの火を谷井と自分に点《つ》けた。

「狂ってますね」

「狂うとるな」

「一種のロリコンですか」

「そんな生やさしいもんやない」

谷井は苦いけむりを吐いた。「ロリコンいうのは、せいぜい十二、三までの子供が対象や。ちゃんと成熟した二十歳すぎの娘を女子高生に仕立てたりせん」

「制服マニアの犯行ですかね」

「制服マニア？」

「学生とか看護師とか、制服《なり》の女性でないと欲情せんのです」

「それやったら看護師の恰好をさせたらどうや。ここには帽子からストッキングまで一式揃《そろ》てるやないか」

谷井は手袋で額の汗を拭《ぬぐ》った。「それに、全身の毛を剃《そ》ったというのが気に入らん。妙な化粧をしてるのも解せん。わしも長いことこの稼業してるけど、こんな奇妙な仏さんは初めてや」

――実際、被害者の状態は尋常ではなかった。細めの眉《まゆ》に濃い眉墨をひき、眼には赤のアイシャドーと青のマスカラ、頬紅、ローズレッドの口紅、とストリップの舞台にでも立ちそうな派手な化粧だった。ファウンデーションが濃いせいもあって肌の青白さは感じられず、死顔という印象はあまりない。肩のあたりまである長い髪はきれいに櫛《くし》が入れられていた。服装は、襟に二本の白線の入った紺色のセーラーの上着に同色のプリーツスカート、胸にあずき色のリボンを結んでいる。スリップは白、白無地の綿ソックスに白のテニスシューズ。――川瀬深雪はそんな装いで、南側ベランダに面した和室六畳間の真中に横たわっていた。仰向《あおむ》き、まっすぐに伸ばした足をきちっと揃え、両手を腰の脇に添えて、気をつけをしたような姿勢だった。

写真撮影のあと、検視官は死体の衣服を脱がせた。白のブラジャーと白の綿ショーツをとったとき、居あわせた捜査員は息をのんだ。死体の乳頭部にはニップレステープが貼られ、その上にファウンデーションが塗られている。外陰部には一本の陰毛もなく、剃りあとを隠すように、ここにも厚くファウンデーションが塗られていた。そのとき初めて、谷井は被害者の腕や足、腋下《えきか》など、全身の体毛が余すところなく、きれいに剃られていることに気づいた。

川瀬深雪はマネキン人形と化していた――。

「毛を剃って、乳首を隠して、化粧して、服を着せ替える……」

矢代は眉をひそめた。「マネキンかダッチワイフで我慢しときゃいいものを、ほんまの人間を手にかけよったんです」

「変質者や倒錯者の頭の中は分からん。想像もできん」

「川瀬には、その性向はなかったんでしょうね」

「考えられんな。被害者《ガイシャ》は正常やろ」

――バスルームの排水口から剃り落とした体毛が多数発見されたことから、犯人は、深雪を殺害後、裸にしてバスルームに運び、洗い場で体毛を剃ったと推測される。

また、被害者の体内からは精液が採取された。血液型はまだ判明していない。

川瀬深雪の死因は扼殺《やくさつ》。犯人は背後から腕を深雪の前頸部《けいぶ》にまわして圧迫したらしく、扼痕《やくこん》は不鮮明だった。死亡推定日時は十一月一日、午前十時から午後二時。現在のところ、その時間帯における不審人物の目撃証言はない。

「まずは被害者の交友関係ですね」

「そいつはあんまり期待できんかもしれんぞ」

室内に物色された形跡はなかったが、それだけで怨恨《えんこん》、痴情による犯行と判断するのは早計だ。「この種の事件《ヤマ》は、ほとんど流しの犯行や。部屋に鍵《かぎ》をかけてなかったんも、そのことを証明してる」

ふつう、犯人が顔見知りであれば、犯行の発見を遅らせようとしたり、死体を遺棄したりするものだ。

「狙いは一人暮らしの若い女。このアパートは条件どおりやな」

　パークサイドは一昨年《おととし》五月に竣工《しゅんこう》した新築アパートで、各階に十二室がある。特にレディス用とうたっているわけではないが、すぐ近くに私立啓光《けいこう》女子大があり、また管理人も常駐しているため、入居者の八割以上が女子学生、独身ＯＬとなっている。川瀬深雪の住まいは二階十二号室で、犯行推定時、隣室には誰もいなかった。管理人によると、ここ半年の間に下着盗が頻発し、また、セールスマン、勧誘員などの戸別訪問が多いため、入居者には、安易にドアを開けて応対しないよう注意を促していたという。

「かわいそうに、川瀬の看護師という職業が禍《わざわ》いしたんかもしれんな。たまたま夜勤明けで、昼間、部屋にいてたんが、犯人とぶちあたってしもたというわけや。……わし、写真を見たけど、あの子は色の白い、眼のくりっとした美人や。犯人は、顔を見るなり飛びかかったんかもしれん」

「しかし、見知らぬ男がインターホンを押しても、ドアを開けたりしませんやろ」

「昼間の訪問者は、また別や」

　谷井は矢代の顔の前で小さく指を振った。「宅配便や書留の配達は、誰でも無条件で扉を開ける」

「――なるほど。わしが犯人やったら、そういうて騙《だま》しますな」

矢代はずり落ちた眼鏡を人さし指で押し上げ、こっくりうなずいた。

映画はおもしろかった。劇場を出た足立由実《あだちゆみ》は大迫《おおさこ》に誘われるままエレベーターで地階へ降り、通路を抜けて三番街に出た。休日の午後五時、ショッピング街はその日いちばんの賑《にぎわ》いを見せている。大迫は由実の少し前を百八十センチの長身で人波をかき分けるように悠然と歩く。由実は大迫のグレンチェックのスーツの背中だけを視野に入れて従《つ》いて行く。

彼はさっきの映画をどんなふうに評するかな、と由実は頭をめぐらせる。監督が良かったのか、俳優の演技が際立っていたのか、それとも……。

「ここに入りましょうか」

ふいに大迫が立ち止まり、ガラス張りのコーヒー専門店を指した。

「ええ……」由実はほほえんだ。

奥の壁際に席をとった。大迫はモカ、由実はブレンドを注文する。大迫はグラスの水をひと口飲んで、

「今朝の新聞、お読みになりましたか」

「は……」予期しない言葉だった。

「きのうの豊中の事件ですよ。看護師がセーラー服を着て殺されていた」

「そういえば、テレビのニュースで……」

由実は今日、十時に起きた。トーストとサラダ、コーヒーの食事をとったあと、近くのテニススクールへ行って九十分のレッスンを受け、帰宅してからゆっくり風呂《ふろ》に入った。そのあと、洗濯と、とりかかっていた寝室の模様替えをしているうちに大迫との待ち合わせ時間が迫り、だから新聞もテレビも見ていない。テニスのレッスン生が事件のことを話していたような記憶はある。

「あれは変質者の仕業だな。異常ですよ」

「ほんとにね」由実は相づちをうつ。

「あなたも一人暮らしだから、気をつけなくちゃいけない。男は部屋に入れないことです」

「私、そんなことは……」

「分かってます」

大迫は慌てて手を振り、「いや、失礼なことをいっちゃった。ぼくはあなたのことが気がかりだから……どうも、勘弁して下さい」

「いえ、いいんです。そういってもらってうれしいです」

「話題を変えましょう」

大迫は快活に笑った。「さっきの映画だけど、あれはやはり、ジャック・ニコルソンが光ってますね。特に、あの眼がいい。そう、狂気を眼で演じてます」

「でも私、怖かった。恐怖が徐々に凝縮してくるような気がして」

「キューブリックの才能でしょうね。狂気を描いて彼の右に出る監督はいない」

「私、分からないんですけど、主人公の作家はどうして狂ったのかな」

「あのリゾートホテルそのものが狂的世界なんでしょう。それが彼の内なる狂気を覚醒《かくせい》させ、解き放った」

内なる狂気の覚醒――由実は大迫の言葉を胸のうちで復唱した。しゃれた言いまわし、大迫は語彙《ごい》が豊富だ。表情豊かに、とても楽しそうに話す。話し上手で聞き上手、彼といっしょだと会話の途切れることがない。会うのは今日で三度めだが、そのたびに強く魅《ひ》かれていく自分に気づく。こうして大迫とのデートを重ね、いつかお互いを恋人と呼べるようになったら、どんなに幸せだろうと由実は思う。

コーヒーが来た。大迫はブラックでひとすすりし、

「――あ、そうそう」

と、腕の時計に眼を落とす。「先に断っておこうと思ったんだけど、今日はあと三十分で失礼しなきゃならないんです。今夜のうちに京都へ行って、デザイナーとプランを詰めるんです」

「――休日なのに、お仕事なんですね」

内心の落胆を隠して、由実はいった。

「マネージャー稼業のつらいところです」

「また誘って下さい」

「それはぼくのせりふです」

大迫はカップをテーブルに置き、「来週、必ず電話します」

由実の眼をじっと見つめて低くいった。


――十一月三日、午後六時、豊中南署二階予備室で捜査会議が招集された。

「いつもながら、長ったらしい戒名やな」

谷井と矢代は〈服部本町コーポ・パークサイド看護師殺人事件捜査本部〉と墨書された表札を横に見て入室する。そう広くもない予備室にはすでに三十人ほどの捜査員が顔を揃えており、二人は並んだパイプ椅子の最後列に腰を下ろした。

「眠たいな。わし、会議の途中で居眠りしそうや」

「デカ長、いびきは困ります」

「そのときは背中をつついてくれ」

谷井はあまり眠っていない。きのうの夜に続いて、今朝も六時からパークサイドの居住者五十七人の訊《き》き込みにあたった。住人のほとんどは昼間、アパートにいないから、各階を分担して手際よく話を聞かなければならない。谷井をチーフとする総勢十二人のパークサイド訊き込み班は五階建のアパートを息せききって駆けまわり、その結果、二つの重要な情報を得た。

ひとつは、一一二号室の女子大生の証言で、一日午後一時ごろ、階上《うえ》の二一二号室で何か重たいものの倒れるような音が続けて数回聞こえたということだった。音はそれきりでやんだため、女子大生はさほど気にはせず、家具の移動でもしたのだろうと思った。これは川瀬深雪の死亡推定時に一致することから、彼女は午後一時ごろに扼殺《やくさつ》されたと考えられる。

もうひとつの情報は、五階三号室に住むOLから聞いた。彼女は一日午後一時前、エレベーターで一階へ降りる途中、扉のガラス窓越しに、二階の廊下を十二号室の方へ向かう男の後ろ姿を目撃していた。男の年恰好《としかっこう》、体型、髪型などは憶《おぼ》えておらず、黒っぽい服を着て、肩にバッグを提げていたとだけ、彼女は証言した。谷井は二階の十二室に男の入居者がなく、またこの時間帯に二階の他の部屋を訪れた客がいないことから、この黒っぽい服の男を川瀬深雪殺害の犯人ではないかと想定した。

「しかし、黒い服の男というだけでは何の足しにもなりませんね」ぽつりと、矢代がいう。

「少なくとも犯人は女やない。男であると判っただけでも上出来やないか」

そう答えて、谷井は思わず笑ってしまった。

「どないしました、何かおかしいですか」

「わし、あほなことというた。犯人が女なら、被害者の体内に精液を残せるはずがない」

「なるほど、そら理屈ですわ」

矢代も笑みを浮かべて応《こた》えたところへ、幹部連中が入室して来た。大阪府警捜査一課班長の村木《むらき》と係長の山添《やまぞえ》、刑事部参事官、そのあとに続く二人の男は豊中南署の署長と刑事課長だ。五人は黒板を背にして、長テーブルの向こうに着席した。

室内のざわめきが消えた。午後六時十分、始めに署長から訓示。事件の早期解決に向けて全力を傾注せよと、型どおりの内容だった。

次に、村木が立った。

「事件概要と捜査の進捗《しんちょく》状況を報告する。質問や意見があったら、その都度発言してくれ」

薄い胸を反らして一座を睥睨《へいげい》する。いつもこの調子だ。自負で反感を買い、虚勢で人望を失っている。

「まず剖検《ぼうけん》の結果からや」

村木が坐《すわ》り、山添が立ち上った。いつもの熱のこもらぬ口調で、

「川瀬深雪の死因は、扼頸《やくけい》による窒息死と判定された。死亡推定日時は、検視報告と同じく、十一月一日午前十時から午後二時の間。血液型はAで、血中から毒物、アルコール等は検出されてない。……体内から採取した精液はB型で、被害者の手指の爪にも、わずかにB型の血液が付着してた。ちなみに、死体の第一発見者である管理人の血液型はAB型で、死亡推定時には服部南地区の自治会の役員会に出席してる」

「情交の状況は判らんのですか」豊中南署の捜査員が訊いた。

「解剖医は、外陰部や膣《ちつ》壁に傷や出血がないことから、強姦《ごうかん》ではないと推定した。生前

の情交なら合意の和姦やけど、これは現場の状況から推して可能性が薄い。つまり、扼殺後の屍姦《しかん》とみるのが妥当やな」

屍姦と聞いて、捜査員の間に驚きの声があがった。犯人はどこまでも異常だ。

山添はしばらく間をおいて、

「被害者の性器の形状からみて、堕胎事実はなく、情交経験は少ない」

「川瀬の交際相手は」

「まだや。今後の身辺捜査で特定する」

「川瀬の田舎、どこでしたかな」

「兵庫県加西《かさい》市……」

山添はテーブルの上のメモを取り上げる。「下若井……中国自動車道を滝野社《たきのやしろ》インターで降りて、十五キロほど北西に入った山の中や」

父親は製材所に勤め、母親と祖母は二反の畑で野菜を作っている。深雪は三人姉妹の次女で、地元県立高校を卒業後、大阪府豊中市の府立椹木《さわらぎ》病院附属看護学校に入学し、同校の寮に入った。

「両親の話によると、高校生のころ、川瀬深雪に親しい男友達はなかった。看護学校の寮は二人一部屋で、寮生は十二人。卒業までの三年間、川瀬は井上和美《いのうえかずみ》という女の子と同室やった。残念ながら、井上も当時の寮生も、同僚看護師も、川瀬のボーイフレンドを知らんというた。川瀬の情交経験が少なかったという事実から考えて、長いつきあいではなかったんかもしれん」

「交際は、寮を出てパークサイドに入居してから始まったんやないですか」

別の捜査員が訊いた。この質問には、谷井が答えなければならない。

「その報告は、わしから」

谷井は挙手し、立ち上った。「パークサイドの管理人、及び入居者に訊いたところでは、川瀬にボーイフレンドがおった気配はありません。川瀬は地味でおとなしい、まじめな看護師さんという評判やし、男と歩いてるのを見かけたというような証言もなし。……しかしながら、いっときも早《はよ》う相手の男を特定して二人の交際状況を確認せないかんと考えます」

最後に補足意見を述べて、谷井は坐った。

「他に、川瀬の身辺、交友関係で質問は」

と、山添が訊く。しばらく待って、

「ほな、次は鑑識検査の結果と遺留品や」

山添はコクッと首を鳴らした。「現場から採取した指紋と毛髪は数人分あって、現在照合中。遺留品に関して、川瀬の身につけてた衣服は――」

セーラー服から下着にいたるまで、すべて彼女のものではなかった。

テニスシューズ、ソックス、スリップ、ブラジャー、ショーツは新品で、それらの包装紙やパッケージは現場になかった。

セーラー服は、箕面《みのお》市の星花《せいか》女学院高校の制服だった。バッジ類は付いておらず、ネームを縫いつけてあったらしい上着の裏地が、その部分だけ切り取られていた。

「川瀬が殺されるまで着てた服は、洗面所の籠《かご》にも洗濯機の中にも見あたらんかった。犯人が持ち去ったと考えられる。それと、星花女学院のセーラー服はすべてオーダーメイドや。既製品はない。そやから、メーカーのオーダーリストを元にして、ユーザーを一人ひとりつぶしていったら、どこかで必ず犯人に行きあたる。手間はかかるけど、これがいちばんの早道や」

山添は自信ありげにそういうが、谷井はあっさり同意できない。制服は持ち主が卒業すれば不要となり、捨てられる。以前、訊き込みで廃品回収業者を訪れたとき、倉庫に制服が山と積まれているのを見たことがある。だから、遺留品の出処《でどころ》を洗うには、テニスシューズや下着の方が見込みがあると谷井は思う。

「口紅やアイシャドーは川瀬の持ち物ですか」

参事官が訊いた。山添は、ハハッとかしこまって、

「化粧品類はすべて犯人が持ち込んだものと考えられます。鏡台の中に、青のマスカラと赤のアイシャドーはありませんでした」

山添は手の甲で額の汗を拭《ふ》きながら、「ちなみに、川瀬の体毛を剃《そ》ったと思われるカミソリも……T字カミソリも電気カミソリも、現場からは発見されておりません」

「まさに狂気ですね」

矢代が肩をついて話しかけてくる。「まっ昼間、バッグに着せ替えの服や化粧品を詰め込んで、獲物を求めて街を徘徊《はいかい》する。……想像しただけで、ぞっとしますわ」

「娘のある親としては、他人事《ひとごと》とは思えんな」

谷井の長女は短大生で、京都の岩倉《いわくら》に下宿している。バイトに明け暮れて、家にはほとんど電話もかけて寄越さないらしい。父親としてひと言いいたいが、いったところでどうなるものでもない。子供の生きように口出しする時期はとうの昔に過ぎたし、第一、谷井自身がその立場にない。

「二二号室のキーは何本あったんですか」

参事官の質問が続く。

「パークサイドでは、入居者に二本預けることになってます。一本は下駄《げた》箱の上の花瓶の中、もう一本はキーホルダーに付けてあって、川瀬のショルダーバッグの中に入ってました」

「どうやら、流しの犯行に間違いはなさそうだ」

参事官は腕組みをし、しかつめらしくうなずいた。

「パークサイド界隈《かいわい》で下着盗が多発してると聞きましたけど、それとの関連はどうですやろ」

前の方で手があがった。

「まず関係はないやろ」

応じたのは村木だった。「犯人は自分で下着を用意して、川瀬に着せた。下着盗や空巣の居なおりてなことは考えられへん」

「しかし、下着盗の捜査は進めるんでしょ」

「あたりまえやないか」

村木は切り捨てるようにいい、テーブルに両手をついて背筋を伸ばした。「これからの捜査方針を確認する。まず第一は、いうまでもなく川瀬深雪の交友関係や。男友達を割り出すことで、より強力な手がかりが得られる。そして、二つめは遺留品の出処。特に、セーラー服が有力や。三つめは、地元の素行不良者、性犯罪前歴者の洗い出し。レイプ関連は徹底的にやってくれ。訪問販売や電話勧誘の類《たぐい》もあたってみる。それから四つめは、犯人の足どりや。服部本町周辺は、服部緑地から緑地公園駅、阪急曾根《はんきゅうそね》、服部駅までを訊《き》き込みの対象地域とする。犯行時間帯に目撃した不審人物の情報を集めて、より詳しい犯人像に迫るんや。……と、ここまでで、なにか意見はあるか」

誰も発言しない。実際、現時点でこれ以上の捜査は考えられない。村木はひとつ空咳《からせき》をして、

「帳場《ちょうば》はここ豊中南署に置く」

――帳場とは関西の刑事仲間の符牒《ふちょう》で捜査本部のことをいう。捜査一課長や刑事部長の意を受けて、府警本部長が設置するのである。

大阪府警捜査一課には全部で十の班があり、このうち、強盗事件班、火災専門班、特

殊捜査班の三班を除くあとの七個班が殺人事件を担当する。各班は警部を長とし、その下に警部補が一人ないし二人、あとは巡査部長、巡査長八、九人の計十人から十二人編成となっている。班は事件発生と同時に、その事件発生地を管轄とする警察署に派遣され、事件が警察の規定でいう「本部長直接指揮事件」となれば、そこに帳場が設置されて部屋と電話が貸与される。また、事件の規模により、署から十人ないし二十人程度の応援捜査員をもらえる――。

「よっしゃ。みんな、明日《あした》から本腰入れて捜査にあたってくれ」

村木はひときわ強くいった。「この種の異常者の犯行は連続し、エスカレートすることが多い。また、類似事件を呼びやすい。猟奇的犯罪は、マスコミの扱いも大きいから、ここでしっかり歯止めをかけんと、社会不安はますますつのる。大阪府警の威信にかけても、――」

また始まった――谷井はあくびを噛《か》み殺す。長広舌も管理職の資質なのだろう。

2

「先生、このごろきれいになったな。恋愛してるの」

体育館の板壁にもたれて、バドミントン部キャプテンの森部《もりべ》まゆみがいう。

「うれしいことをいってくれるね。そんなふうに見える？」

由実は前髪を横に払った。

「見える、見える。先生、口紅の色が変わったし、お化粧も上手になったわ」

「そりゃ、私も年頃だもの」

「先生、いくつ」

「——あなたよりは年上です」

「先生の恋人はこの学校にいてはる？」

「私、教師は敬遠したいな。結婚するなら、普通のサラリーマンがいい」

「先生、結婚するんかいな」

「まだ、しないよ。相手もいないのに」

笑いながら、一年生の素振《すぶ》りに眼を移したとき、足立先生、お電話です、と放送があった。

由実は走って職員室に戻り、教頭のデスクの傍らにある電話をとった。

「もしもし、足立ですが」

「由実さん、ぼくです」

「あ、大迫さん」

思わず名前をいってしまった。教頭のようすをちらっと見ると、下を向いて日誌を書いている。

「実は、いま近くにいるんです。あまり時間はないけど、由実さんの顔を見たいと思って」

大迫は十分後に学校の裏門前で待っているといった。

由実は職員トイレに駆け込んだ。手を洗い、鏡を見る。口紅をひきなおし、ブラウスの襟元を整える。そういえば、大迫と初めて会った日も、このサーモンピンクのブラウスを着ていた。

九月初めの日曜日、由実は遅い朝食をすませ、コーヒーを飲みながら手紙を書いていた。有田《ありだ》のおばあちゃんに、送ってもらった梅干しのお礼と、近況報告をする。電話ですまさないのは何度も読みかえせる手紙の方が喜ばれるからで、由実自身、小さいころから文章を書くのが苦ではなく、本を読むのが好きだった。将来は国語の先生になろうと考え、そしてその夢を実現した。

——壁の電話が鳴った。由実はペンを置いて立ち上る。

「はい、足立です」

「足立由実さんはご在宅でしょうか」

「——私ですが」

若い女の声だった。聞き覚えはない。生徒でもなさそうだ。

「私、東京ハサウェイの加藤《かとう》と申します。梅田《うめだ》エストのブティック、『ルーファス』さんからご紹介いただいて、ぶしつけですが、お電話させていただきました」

「ルーファス」なら何度か服を買ったことがある。東京ハサウェイは最近急成長の大手服飾メーカーだ。

「あの、セールスならお断り……」

「いえ、そういうのじゃございません」

加藤は柔らかく否定し、由実に、モニターになってもらえないかという。

「東京ハサウェイでは来年の秋を期して新しいイタリアンブランドをデビューさせる計画なんです。コンセプトはエスタブリッシュ感覚のポップクチュール。リッチでダイナミックなヤングキャリアウーマンをターゲットにしています」

いっている内容の半分は分からない。軽薄な横文字語の羅列だ。

「それで、モニターっていうのは」

「当社の試作品を着ていただき、感想をお聞かせ願いたいんです。モニター代金はお支払いできませんが、試作品はお返しいただかなくてけっこうです」

　どうも話がうますぎる。

「返却しない場合、買い取りといったかたちになるんでしょ」

「私どもは東京ハサウェイです」

　加藤の口ぶりがきつくなった。「試作品を販売して会社の名に傷がつくようなことはいたしません」

　金銭的にいっさいの負担はかけないという。どうやらセールスではないようだ。

「どうして、私がモニターに」

「さっきも申しましたように、『ルーファス』さんの推薦です。足立さんが府立高校の先生をしていらっしゃるとうかがって、こう申しては失礼かもしれませんが、コンセプトにぴったりのモニターだと考えました」

　由実は「ルーファス」のショッピングアンケートに答えたことがある。そのとき、住所や年齢、職業を記入した。

「あの、私は具体的にどうしたらいいんでしょうか」

　由実はモニターになろうと決めた。東京ハサウェイのニューブランドを無料《ただ》で着られるなんて願ってもない幸運だ。

「足立さん、明日のご予定は」

「五時までは、仕事ですが」

「それじゃ、明日の夕方、当社にお越し願えませんでしょうか」

加藤は中央区本町《ほんまち》にある東京ハサウェイ大阪支社の所在地を伝え、社に着いたら一階のロビーから電話をかけるようにいった。由実は電話番号を控え、礼をいって受話器を置いた。

——翌月曜日の放課後、由実はバドミントン部の練習には顔を出さず、掃除の監督だけを終えて学校をあとにした。地下鉄御堂筋《みどうすじ》線で、新大阪駅から本町駅、南改札口を抜けて地上に出る。ビルの切れ間にのぞく空は薄暗く、小雨がぱらついている。

しまった、傘を持って来たらよかった、由実は呟《つぶや》いた。ソフトシルエットの白いスーツにサーモンピンクのシルクブラウス、同じピンクのローヒールパンプス。校門を出るとき、先生、どこでデート、と女生徒たちにはやしたてられた。

由実は御堂筋を歩きだした。歩道の、ビル寄りの半分はまだ雨に濡《ぬ》れていない。

東京ハサウェイ大阪支社は北久宝寺《きたきゅうほうじ》町の角を左に折れて百メートルほど行った郵便局の南隣にあった。七階建、外装の全面に黒のアルミダイキャストを張りつめた細長いビルにはひとつの突起物もなく、巨大な墓石を連想させる。一階の右半分は「ハサウェイ」というブティック、左側は黒いタイル敷きの車寄せで、その奥が出入口だった。

由実はビル内に入った。狭いエントランスホール、受付はなく、壁のステンレスプレートに各階の部署表示はあるが、どこを訪ねていいか分からない。

由実はエレベーター横の公衆電話にテレフォンカードを差し入れた。手帳を見ながらボタンを押す。

「――はい、お待たせいたしました」きのうの女性の声だった。

「東京ハサウェイの商品企画部でしょうか」

「はい。エミリオ・ジナリーニ設立準備室です。おたくさまは」

「足立由実と申します。きのう、商品モニターの件で……」

「かしこまりました。マネージャーがそちらに参りますから、ロビーでもう少々お待ち下さい」

電話が切れた。由実は足許《もと》から肩まで、服装を入念にチェックする。ショルダーバッグに髪の毛が一本くっついているのを払い落とした。

エレベーターの扉が開いた。手に厚いファイルを持った背の高い男が出て来て、足立さんですか、と声をかけ、

「大迫と申します。立ち話も何ですから、喫茶室に参りましょう」

大迫は先に立ってエントランスホールを出た。隣のブティックに入り、まっすぐ奥へ歩いて行く。ブティックの奥は、フローリングの床が一段高くなった、「コート・ハサウェイ」という名の小さな喫茶店になっていた。間仕切りは高さ六十センチくらいの透明アクリルだから、シートにゆったり腰を下ろして、ブティック内の商品を眺めながら

お茶を飲むことができる。店内には、他に二組の客がいた。

大迫と由実はブティック側の二人用の席に坐《すわ》った。

「どうも、今回はモニターを引き受けていただきまして、ありがとうございました」

大迫は内ポケットから名刺を取り出した。由実は両手で受け取る。

〈株式会社東京ハサウェイ　商品企画部　エミリオ・ジナリーニ設立準備室長　マネージャー　大迫靖樹《やすき》〉——と、あった。

大迫は、見たところ、二十代後半だ。薬指に指輪もない。この若さで室長というのは相当のやり手なのだろう。

「まだご存知ないかもしれませんが、エミリオ・ジナリーニはミラノの出身で、パリのオートクチュールでは、今もっとも注目されている新進デザイナーのひとりなんです。交渉のかいあって、当社が独占契約を結ぶことができました」

大迫は、ジナリーニブランドの商品構成を、ジャケット、パンツ、スカート、コートなどのアウターウェアからスタートさせ、それらを核として、徐々に靴や装身具に展開させていくつもりだという。

「要はブランド名の浸透とコンセプトの確立です。そのために、初年度は五億、次年度は七億円の企画、広告費を見込んでいます」

大迫は誇らしげにいった。濃い眉《まゆ》、切れ長の眼、彫りの深いその顔は、商品企画部マネージャーではなく、東京ハサウェイの専属モデルと称してもおかしくない。こめかみの小豆《あずき》大のアザと、話すとき上唇が尖《とが》って少し軽薄な表情になるのが欠点といえばいえるかもしれないが、男のあまりに完璧《かんぺき》な顔というのはかえって魅力に乏しい。

「ジナリーニのデビューは来年の秋です。それまでに、モニターのみなさんから、できるだけ多くの意見をいただかなきゃなりません」

「モニターは何人くらいいらっしゃるんですか」

「全国で百人程度を予定しています。関西地区はそのうち三十人。一人ひとり、私が面接して採否を決めます」

「だったら、私はモニター失格ということも……」

「とんでもない」

大迫は言下に否定した。「モニターは書類審査で選んだ方ばかりです。率直にいって、美しい方もいれば、そうでない方もいらっしゃる。……私はこれからも、モニターのおひとりであるあなたに会って対面調査をするんです。その楽しみを奪う権利は、あなたにはありません」

きざな大迫のせりふが、由実の耳には快かった。

ちょうど十分後、由実は裏門を出た。自転車通学の生徒が傍らを走り抜ける。

大迫はポプラ並木のそばに駐《と》めた車の中で由実を待っていた。上半身をこちらに伸ばしてドアを開け、

「すみません、呼び出したりしちゃって」

「いいんです。授業は終わってましたから」

由実は口早に答え、助手席に乗り込んでドアを閉めた。生徒の眼が気になって、早くこの場を離れたかった。

「場所がまずかったようですね」

大迫もそれと察したらしく、手早くセレクターを操作して車を発進させた。

「いい車ですね」

ワイン色の革シートを撫《な》でながら、由実はいった。車室は広くゆったりしている。小さく流れている女性ジャズボーカルは大迫の趣味だ。

「外車ですか」

「セルシオっていう国産車です。シーマを下取りに出して買いました」

シーマなら由実も知っている。それ以上の高級車なのだろう。

「乗り始めて、まだ十日です」

大迫はダッシュボードの走行計を指さした。

「助手席に坐った女性は、由実さんが初めてですよ」

「うれしい。光栄です」

「セルシオは予約がいっぱいでね、注文してもすぐには手に入らないんです」

ステアリングを撫でながら、大迫はいう。「東成《ひがしなり》区のディーラーの支店長と親しいものだから、コネで優先的にまわしてもらったんです」

「お仕事はいつもこの車で？」

アームレストに自動車電話が取り付けられている。さっきの電話も車内からかけたようだ。

「打ち合わせで遠出することが多いものだから。ほんとは電車の方がいいんでしょうけど、ついついものぐさになっちゃって」

大迫はにこやかにいって、「さて、どこへ行きましょう」

「ちょっと遠いけど、江坂《えさか》にいい喫茶店があります」

できるだけ学校から離れたかった。近くの店だと生徒に出くわすおそれがあるし、そこでたばこでも吸っていると、立場上見過ごすわけにはいかない。

「あの、お預りしたストールですけど、まだ感想を書いてないんです」

由実は先々週、大迫からジナリーニの試作ストールを受け取っていた。デザインや使い心地についての短評を原稿用紙二枚にまとめて提出する。

「レポートは今月中にいただければいいんです。それに、今日はまったくのプライベートで由実さんを呼び出しちゃったんだから」

大迫は横断歩道の手前で車を停めた。黄色い帽子の幼稚園児が手を上げて横断歩道を渡って行く。

「由実さん、子供は好きですか」

「好きです」

「男、女？」

「大迫さんは」

「女の子ですね」

「私も女の子がいいな」

「子供が好きな人は、まず結婚しなきゃ」

「今まで、そう思える人がいなかったんです。ひとりも……」

由実は前を向いたままいう。

「――ぼくもそうだな」

大迫は園児の後ろ姿を見送りながら、「だけど、女の子ができても、ジナリーニを着せるには、二十年はかかる」

と、由実の方に向き直って、さもおかしそうに笑った。

「死体に性的欲望を抱くことを、ネクロフィリアというんですが、これはそのネクロフィリアの一典型だと考えられますね」

大阪文理大学医学部教授の新居《あらい》は研究室のテーブルの上に遺体の鑑識写真を並べ、谷井と矢代を交互に見ながら切り出した。

「ネクロフィリアの病理は、死体をいわゆる屍姦《しかん》のための性具として扱う場合と、死体フェティシズム、死体サディズムの対象として求める例があるんです。今回の事件における……」

「すんません、ちょっと待って下さい」

矢代がいった。「サディズムは多少なりとも理解できるけど、フェティシズムというのは何のことですか」

「かつては、拝物愛と訳された言葉で、フェティッシュとは、生命のない物体という意味です。フェティシストは異性の毛髪や唇、指など、体の一部分、あるいは下着や靴、ヘアブラシなどの物品、または匂い、声などの状態に強い性的興奮を覚えます」

「すると、下着盗なんかはフェティシズムの一種ですか」

「そう。人混みの中で女性の衣服にインキをかけたり、切り裂いたりするのもフェティシストによる行為ですね」

新居は身ぶり手ぶりを交えて、ゆっくり話す。広く抜けあがった額、度の強い黒縁眼鏡、高い鼻梁《びりょう》、形よく整えた髭《ひげ》に白いものが目立つ。彼は精神医学を専門とし、多くの犯罪者の精神鑑定に携わってきた。

「この事件の場合、犯人は遺体の体毛を剃《そ》り、四肢をまっすぐ硬直させて、まるでマネキン人形かダッチワイフのように仕立てようとしています。顔に人工的な化粧を施し、外陰部の剃りあとをファウンデーションで隠蔽《いんぺい》したのも、顕著なフェティシズム性向を示しています」

「犯人は被害者を人形にして、セーラー服を着せてから屍姦したようです」

谷井がいった。遺体の唇や首筋にはB型の唾液《だえき》が付着し、スカートやスリップの一部には精液がこびりついていた。

「屍姦のあと、人形に見立てて写真を撮った可能性もあります」

「なるほど、強度な偏執性も有しているようだ」

「そのフェティシズムですけど、制服マニアが高じたあげくの倒錯とはみられませんか」矢代が訊《き》いた。

「と、おっしゃるのは」

「こういう言い方が適切かどうか分からんのですけど、つまりその、制服フェティシズムというような……」

「制服フェティシズムね……」

新居は肯定とも否定ともつかぬ表情でいった。

「犯人は、中学、高校生を襲うつもりやったという意見もあるんです」

矢代は熱っぽく説明する。「殺したんは成人女性やけど、用意してた衣装がセーラー服やったから、仕方なしにそれを着せた。下着が野暮ったいのが、いかにも中高生らしい」

「その推論は自然かもしれません」

新居は写真の一枚を指で押さえた。「ただ、私はこの化粧が腑《ふ》に落ちない」

「先生のご意見では、死体をマネキンに仕立てようとしたんでしょ」

「そう、それはそのとおりですが、この事件の場合、人形フェティシズムと制服フェティシズムは必ずしも一致しないような気がするんです。あなたのおっしゃるとおり、犯人が狂的制服マニアなら、こんな厚化粧はせず、髪形も女子高生らしくセットしたんじゃないかと、私は思いますね」

「要するに先生は、犯人は制服狂ではないといわはるんですね」

「可能性としては薄いということです。異常犯罪を理論で分析しようとするところに無理があるのかもしれませんが」

新居は学者らしく、軽はずみな断定を避ける。

谷井はソファに浅く坐《すわ》りなおした。揃えた膝《ひざ》に両手を置いて、

「サディズムとか快楽殺人というのはありませんな」確認するために訊いた。

「それはないでしょうね。サディストは相手の悶《もだ》え苦しむところを見るのが好きなんだから、殺してしまっては元も子もない。快楽殺人も、怯《おび》えさせ命乞《いのちご》いをさせるのが楽しみだから、あっさり後ろから首を絞めたりはしないでしょう」

「今までの例からみて、この種の事件は連続的に生じる傾向があるんですけど、先生のご意見はどうでしょう」

「おそらく、エスカレートするでしょうね」

新居は顔をもたげて小さく息をついた。「いわゆるノーマルな性行動というのは、成

熟した大人の女性と正常なセックスをし、正常なオーガズムに達して、ある種の充足感と精神的安定を得るための行為なんです。ところが、倒錯的性行動にはそういった充足感がないから、ますます強い刺激を求めてどこまでもエスカレートする。例えば、金銭でセックスを買うとき、男性は射精することによって生理的レベルでの満足を得ることはできますが、同時に精神的充足を得ることはできない。今度の事件のように、フェティシズムをその根源とするネクロフィリアにおいて、狂的妄想を鎮静させるには、次々に同じことを反復強迫的に繰り返さざるを得ない。……あなたのおっしゃるとおり、この事件は連続する公算が大きいと、私は考えます」

「つまるところ、ロリコンや下着盗の居なおりという程度の犯行ではないわけですね」

「まさに、性倒錯の究極でしょうね」

「その究極に到るまでに、犯人はどういう経路をたどったんですか」

「——どうも難しい質問ですね」

新居はあごに手をやった。しばらく眼をつむって、「これはあくまでも参考意見ですが、犯人はマネキン人形はともかく、ダッチワイフの類《たぐい》は購入したことがあるんじゃないでしょうか。ものいわぬ人形にあれこれ衣装を着せたあげく、生身の人間を人形に加工したいという妄想にとりつかれ、ついにルビコン川を越えてしまった……」

そのルビコンを越えたがために、川瀬深雪は三途《さんず》の川を渡ってしまいましたがな——谷井は遺体を引き取りに来た深雪の両親の姿を思い起こす。泣きも喚《わめ》きもせず、ただひと言、「悲しい」と呟《つぶや》いた母親の言葉が胸を刺す。

「最後にひとつ、先生にお訊《たず》ねします」

谷井は居ずまいを正した。「性倒錯イコール精神病という例は多いんですか」

「二つが重複することはあります。しかし、多くはない」

「いや、それはよかった」

「は……」

「わし、この犯人だけは病院やなく、塀の中に叩《たた》き込みたいんです」

谷井と矢代は研究室を出た。学内食堂で昼食をとろうと階段を下りかけたとき、矢代のポケットベルが鳴った。

矢代は事務室前に走り、帳場に電話連絡をして戻って来た。

「デカ長、セーラー服の出処が割れました」

「何やて」

「ついさっき、池田《いけだ》市鉢塚《はちづか》のクリーニング屋の店主から一一〇番通報がありました。半月ほど前、配達中のライトバンから星花女学院の制服が盗まれたんです」

マスコミには星花の校名を伏せてある。だから、ガセネタということはありえない。

「ここから鉢塚は眼と鼻の先やし、行って事情を聞けという班長のお達しですわ」

「何と効率のええ人使いやないか」

谷井は苦笑した。「その前に腹ごしらえや。クリーニング屋は逃げたりせえへん」いって、暗い階段を下りた。

池田市鉢塚二丁目、国道一七六号線と阪急宝塚《たからづか》線にはさまれた新興住宅街の一角に「アワノクリーニング店」はあった。アワノという店名が洗濯の泡に通じるので由来を訊くと、単なる偶然だと、店主の粟野《あわの》はざっくばらんな口調で答えた。

「――ええ、そうですわ。盗難届を出さへんかったんは、失くなったんがその制服一着だけやったさかい、わしも盗まれたかどうか半信半疑やったんですわ。それが、こないだから、新聞やテレビで、セーラー服、セーラー服と騒ぐもんやさかい、ひょっとしたら、あの星花の制服と違うやろかと思て電話したんです。――そう、制服代はちゃんと弁償しました。緑丘《みどりがおか》の団地に住んではる大林《おおばやし》というお客さんで、上の娘さんが星花へ通うてはるんですわ。――え、住所でっか。ちょっと待っとくれやっしゃ」

粟野はカウンターの下からノートを出し、「緑丘二丁目、F棟の五〇八でんな。電話番号は六八の四〇××。――制服を盗《と》られたんは、十月の十八日でしたわ。団地やマンションの集配をするときは、車を道端に駐《と》めといて、鍵《かぎ》なんかかけんと走って行くさかい、その気があったら服の一枚や二枚抜き取るのは簡単なこっちゃ。そやし、どこで盗られたんか、さっぱり分かりまへん。いまどき服なんか金にならんさかい、わし、正直なとこ、同業者の嫌がらせかと思たんでっせ。それに刑事さん、最近はスーパーやコンビニでもクリーニングを取り次いでるよって、わしら――」

「いや、どうも、すんませんでした」

谷井は頭を下げて粟野の茶飲み話をさえぎった。手がかりになりそうな情報はまったくない。礼をいって、早々に「アワノクリーニング店」をあとにした。

鉢塚から歩いて十分、緑丘の住都整備公団Ｆ棟に着いた。エレベーターで五階。五〇八号室をノックする。はい、と返事があって、ドアが開き、ショートカットの中年女性が顔をのぞかせた。大林文子《ふみこ》には、鉢塚から電話をして事情を伝えてある。

「府警捜査一課の谷井と申します。こちらは矢代刑事」

谷井は手帳を呈示し、大林宅に入った。３ＤＫの住まいに応接間というようなものはなく、ダイニングキッチンに腰を落ち着ける。小ざっぱりとした台所まわり、曇りひとつなく磨きあげられたダイニングボードに文子の忠実《まめ》な主婦ぶりがうかがえる。

谷井は出された羊羹《ようかん》をつまみ、緑茶をひとすすりして、

「娘さんは学校ですね」

「毎日、遅いんですよ。ソフトボール部のキャッチャーです」

まっ黒に日灼《や》けした小肥《ぶと》りの女の子を想像してしまう。

「制服が失くなって困ったでしょう」

「冬服は二組ありますから、それは別に……」

「その制服やけど、ネームが切り取られてるんです。娘さんの服やと判る特徴はありませんかね」

「そうですね……」

文子はお茶を飲む手をとめて、「上着の裾《すそ》の後ろに鉤裂《かぎざき》があります。私が繕いました」

「――ということですわ。鉤裂の形がぴったり一致するし、セーラー服は大林美紀《みき》のものに間違いありません」

「所有者及び盗難場所が判明。犯人は北摂《ほくせつ》地区に居住してるか、土地鑑のある公算大やな」

村木は満足げにうなずいて、「粟野が集配にまわる地区は」

「鉢塚、井口堂《いぐちどう》、緑丘と、旭丘《あさひがおか》の一部です」

「よっしゃ、明日《あした》から四人ほどそっちへ遣《や》ろ。池田署に依頼して、広報板も設置してもらう。盗みの目撃者探しや」

「それで班長、他の遺留品はどないですの」

「かんばしくはないな。テニスシューズも靴下も下着も流通経路は特定できた。どれも台湾やタイで生産したスーパー向けの中級品で、全国に何千足、何万枚という単位で出回ってる。出処を割るのは、象の虱《しらみ》を箸《はし》で一匹《こ》ずつつぶすようなもんや」

「けど、男が女物のテニスシューズや下着を買うたら印象に残りますやろ」

「それが望みといえば望みやけど……」

村木は腕を組み、肘《ひじ》かけ椅子に深くもたれかかった。油が切れているのだろう、ギシギシと耳障りな音がする。「犯人はセーラー服を盗んどる。靴や靴下を万引してないという保証はどこにもない」

「それやったら、化粧品の方がおもしろいかもしれませんね」矢代がいった。

「化粧品は科捜研で成分を分析中や。メーカーの特定までには至ってない。鑑識も現場の毛髪や指紋照合でフル操業や」

「照合の結果は出たんですか」と、谷井。

「管理人を除いて、室内に男のものらしい指紋は付着してなかった。それらしい毛髪もなし。川瀬は交際相手を部屋に入れたことはなかったみたいやな」

「体は許しても、私生活を見せるまでの親密さはなかったんかもしれませんな」

――川瀬深雪はあまり社交的な性格ではなかった。看護学校のコンパやパーティー、槇木病院の飲み会など、仲間の集まる機会はけっこう多かったが、深雪は勧められたカラオケを一、二曲歌ったあとは、自分の席に戻って、友達の話に耳を傾けながら時を過ごすというふうで、およそ、その場の主役になったり、陽気にまわりの雰囲気を盛り上げたりするタイプではなかった。病院は、勤めて以来、無遅刻無欠勤。残業もよくあったが、不平を洩《も》らすようなことはなかった。金銭感覚は堅実で、給料の半分を生活費に充《あ》て、残りの大半を貯金していた。初めてもらった夏のボーナスから十万円を実家に仕送りしている。深雪を知る同僚や病院関係者は口を揃えて、まじめ、親切、温厚、慎重だと、彼女を評した。

川瀬深雪には親しい友人が二人いた。ひとりは看護学校寮で同室だった井上和美。井上からは深雪の生い立ちから初恋、好きなタレント、中学高校の成績までプライベートな話を聞いたが、ボーイフレンドの存在だけは知らなかった。そして、もうひとりの友人の答えも、これと大きく変わることはなかった――。

「ふつう、若い連中は友達に自分の恋愛をあれこれ聞いてもらいたいもんや。肉体関係まであるつきあいを隠しとおすということは、不倫かもしれんで」村木がいう。

「すると、相手は妻子持ちの医者ですか」と、矢代。

「放射線技師とか事務職員という線もある」

「樋木病院にもっと探りを入れなあきませんね」

「病院の男は全員、アリバイをとる」

村木はデスクに両手をつき、上体を反らせて声高にいった。口端に白い唾《つば》がたまっている。

地下鉄中央線九条《くじょう》駅、谷井は改札を出た。商店街はどの店もシャッターを下ろし、ひっそりと静まりかえっている。十一月も中旬にさしかかって襟首を撫《な》でる風が冷たい。

谷井はたばこをふかしながらアーケード下を歩き、本屋の角を左に折れた。車一台が家々の玄関前に並べられた鉢植えの葉に触れながらやっと通り抜けられるほどの細い路地、「お好み焼千代《ちよ》」の袖《そで》看板は照明を落としている。

今日は早いな、谷井は独《ひと》り言《ご》ちて、ネクタイを弛《ゆる》めた。

「ただいま」

格子戸を引いて中に入り、錠をおろした。

「お帰り」

カウンターの向こうで、千代子《ちよこ》は鉄板に湯をかけ、ごしごし洗っていた。閉店後はいつもこうして手入れをする。

「ご飯は」

「食うた。矢代といっしょに鮨《すし》を食うた」

谷井は土産の折を揺らして見せ、「風呂《ふろ》は」

「まだ。すぐわかすわ」

千代子は手の甲でほつれた前髪をかき上げ、エプロンを解きながら、奥の部屋へ上って行った。白いセーターに紺のスカート、小柄で眼鼻だちも小作りだから年より五、六歳は若く見える。

谷井と千代子の仲はもう七年になる。千代子は未亡人で、子供はいない。谷井の住んでいた大東《だいとう》市の駅近くに小さなスタンドバーを出していたのだが、素人っぽい客あしらいに魅《ひ》かれて通ううち、いつしか男と女の関係になってしまった。千代子の存在は妻の淑枝《よしえ》に知れ、谷井は家を出て、千代子が西区九条に居抜きで買ったお好み焼の店にころがり込んだ。籍を抜いていないのは、長女が短大を卒業して就職するまで、そうするよう淑枝がいったからで、谷井は毎月、収入の三分の二を淑枝の口座に振り込んでいる。

石はいったんころがり落ちたら、元の高みには戻れん――谷井はいつもそう思う。ころがった窪地《くぼち》に雨が降り、石はそれなりに安定するものだ。一度だけの人生をどう枉《ま》げようと、今さら矯《た》めるすべもない。

谷井と千代子は二階の六畳二間と、一階の奥の四畳半で生活している。上司の村木は当然、事情を知っているが、説教がましいことはいっさいいわない。村木の唯一の美点だ。

「あんた、こっち来てお茶でも飲んだら」

奥から、千代子の呼びかける声が聞こえた。

3

谷町筋《たにまちすじ》を南へ歩いた。混在する住宅、寺、神社。黒く長大な築地《ついじ》塀《べい》の傍らに立つ公衆電話ボックスの扉を引き、もう一度腕の時計を見て、アニーに電話をする。日曜午前九時、部屋にいるはずだ。

——池田《いけだ》さんのお宅でしょうか。

——はい、そうです。

——そちらに私の友達がおうかがいしているはずなんですが。

——あの、誰も来てませんけど。

——池田みゆきさんでしょ。

——違います。

——失礼。

フックを下ろした。電話ボックスを出て少し歩き、〈円徳寺《えんとくじ》〉と刻まれた石の道標の角を右に折れた。袋小路の突きあたり、白い四階建マンションが円徳寺の鐘楼の北隣に位置している。附近に人影はない。

コンクリート打ち放し、アーチ状の門をくぐった。玄関ロビーには入らず、外のまわり階段を上る。カンカンと響く足音、バッグが重い。

三階、二号室前にバッグを置いた。革手袋をつけ、指を伸縮させて手になじませる。

熱い股間《こかん》、外からもそれと分かるほど隆起している。

バッグから包装紙に包んだ空箱を取り出し、壁のボタンに手を伸ばした。——と、そのとき、隣室の鉄扉の向こうで、カチャッと錠を外す音。反射的に階段へ走り、柱の陰に身をひそめた。

一号室から出て来たのは、赤いデイパックを手にしたジーンズの女だった。

あっ——一瞬、頭の中が白くなった。二号室の前にバッグを放置したままだ。

女はバッグに眼をとめた。首を傾《かし》げ、一、二歩近づく。

眼を閉じた。肌が粟立《あわだ》つ。

女は少しのあいだバッグを見つめ、そして思いなおしたようにくるりと背を向けて、エレベーターへ歩いて行った。

汗が一筋頬を伝い落ちた。空箱を持っていることにようやく気づく。

階段を離れ、二号室の前に立つと、また勃起《ぼっき》し始めた。ボタンを押す。

宅配便です、印鑑をお願いします。

——少し待って、ドアが開いた。

レポートをテーブルに置いて、大迫は笑顔を由実に向け、軽くウインクしてみせた。

「いいですね。とても貴重な資料だ」

「そうですか、ありがとうございます」

由実はほっとした。生徒の作文を批評採点することはよくあるが、されるのは学生のころ以来だ。

「ご意見は要約して、コンピューターに記録させます」

「お役に立てれば光栄です」

「次はスーツです。今年中に、ミラノから試作品が届くはずです」

大迫はレポートを四つに折って内ポケットに入れた。スーツの袖を上げてロレックスを見る。「五時半だ。そろそろ行きましょうか」

大迫は六時から、中央区今橋《いまばし》の宝飾品商社でアクセサリー製作の打ち合わせをしなければならないと話し、由実にもつきあってくれといった。

「話は三十分くらいで終わります。その商社の専務とは、ぼくがハサウェイに入社したときからずっと親しくつきあいをさせてもらっていて、年はひと回りしか離れていないけど、親父と息子のような関係なんです。名前は江角《えすみ》さんといって、このあいだから、あなたを紹介しろって、口やかましくいうもんだから」

「でも、私……」

「ほんの三十分です。あとはミナミへ出て、食事でもしましょう」

大迫は伝票を手にとって立ち上った。

――フィレックス商事は、東横堀川《ひがしよこぼりがわ》の河岸公園に面した煉瓦《れんが》タイル張りの古めかしいビルの三階にあった。大迫はセルシオをビルの前の路上に駐《と》め、由実をともなって、薄暗い石造りの階段を上った。フィレックス商事は三階の全室を借りているらしく、狭い廊下の両側に、企画部、営業部、総務部といった扉が並んでいる。

「申しわけないけど、由実さんはここで待っていて下さい」

大迫はもの慣れたようすで応接室の扉を押し、由実を招じ入れた。照明を点《つ》け、由実をソファに坐《すわ》らせて、「退屈しのぎに」と、サイドボードの上の雑誌をテーブルに置いて応接室を出て行った。

由実は改めて室内を見まわした。ライトグレーのウィルトンカーペット、細いストライプの布クロスの壁、ドレープのカーテン、まっ白な漆喰《しっくい》天井にはバラの蕾《つぼみ》を模したシャンデリアが吊《つ》られている。ローズウッドのサイドボード、革製のソファ、厚い大理石のテーブル。クラシカルな内装に、高価な調度類が上品に調和している。

この会社、儲《もう》かってるみたい――由実は雑誌を手にとり、柔らかいソファに体を沈めた。グラビアをぱらぱらめくると、どのページにもダイヤやエメラルドの宝飾品がいっぱいに載せられていて、その豪華さに思わずためいきをついてしまう。フランスの雑誌らしく、各々のアクセサリーの下にフラン記号の値段が添えられている。一フランを約五円と換算して、どれも数百万円から一千万円の品ばかりだ。

——と、そこへノックの音。ドアが開いて、薄茶のスーツの男が部屋に入って来た。

男は由実に軽く会釈して、

「足立由実さん、ですか」

「はい、足立ですが……」

由実は雑誌を閉じて一礼した。

「江角と申します。大迫くんにはいろいろとお世話になってます」

江角は由実の向かい側に腰を下ろし、足を組んだ。

「なるほど、いい娘さんだ」と、独り言《ご》ちるようにいう。

「いつも大迫くんがいうんですよ。……つきあい始めた女性がいる、とても素敵なひとで、将来を真剣に考えてるってね」

由実は頬が熱くなる。大迫の口からはっきりとそう聞いたことはないが、将来を考えるというのは、つまり結婚を前提にした交際だということだろう。

「私の口からいうのもなんですが、彼は優秀な男ですよ。あの若さで室長になり、ニューブランドを創設しようとしている。ジナリーニとの契約交渉から企画制作まで、プロジェクトのすべては彼の才気と力量のたまものです。いずれはエミリオ・ジナリーニの統轄責任者として、東京ハサウェイの役員からトップの座にもつこうかという人物です」

「でも、江角さんもこの会社の役員をしていらっしゃるんでしょ」

「こんなちっぽけな会社、東京ハサウェイとは較べものになりませんよ。社員は五十人ほどだし、忙しいばかりで、報酬も大して多くない。大迫くんに昇進してもらって、どんどん仕事をまわしてもらうのが私の望みですよ」

いって、江角はにこやかに笑った。年齢は四十歳前後、長身、きちっと七三に分けた髪。メタルフレームの眼鏡、高い鼻梁《びりょう》、濃い髭《ひげ》をたくわえて不倫ドラマの二枚目といった風貌《ふうぼう》だ。ゆったりしたダブルブレストのスーツにペイズリー柄のネクタイ、服装にも隙がない。

江角は由実の左手に眼をとめた。

「それはスターサファイアですね」

「いとこにもらったんです。タイ旅行のお土産です」

由実は中指につけたピンクの指輪を、右手でそっと隠した。

「よかったら、見せてもらえませんか」

「安物なんです」

「失礼。仕事柄、宝石を見ると、気になって仕方ないんです」

江角は組んでいた足を広げて、浅く坐りなおした。由実は指輪を抜き取る。受け取った江角は指輪をためつすがめつして、

「これはどうもいいにくいんですが、この宝石《いし》は人造石ですね」

「偽物なんですか」

由実は驚いた。今まで疑ってもみなかった。

「旅行者がよくひっかかるんです。宝石を鑑《み》る眼がないから、無理もないんだけど」

そういえば、いとこは指輪をバンコクの小さな宝石店で買ったといっていた。値段もそう高くはなかったようだ。

「失礼。余計なことをしちゃったかもしれません」

「いえ、そんな……」由実は努めて平静を装った。

「しかし、足立さんの細く白い指にはサファイアやエメラルドのようなカラーストーンがお似合いです」

江角は指輪を由実に返して、「大迫くんもカラーストーンが好きなんです。これまでに、彼のオーダーで数百個のアクセサリーを作ってます。お見せしましょうか」

ついと立ち上り、江角はポケットからキーホルダーを出した。サイドボードの鍵穴《かぎあな》にキーを差し入れ、抽斗《ひきだし》を抜いてテーブル上に置く。中は黒のビロード敷き、上に二十個あまりの指輪が並んでいる。

「東京ハサウェイの宝飾品部に卸す商品です。直営ブティックやデパートに出れば、二倍、三倍の値になるんですよ」

「きれいですね、とても」

指輪は、ルビー、サファイア、エメラルドだった。赤、青紫、緑、色が深く、際立っている。人造のスターサファイアとは一段も二段も格が違う。

「どんなデザインがお好きですか」

「そうですね……これなんか、おしゃれですね」

由実はエメラルドに小粒のダイヤをあしらった指輪をさし示した。

「つけてみて下さい。遠慮なさることはありません。さ、どうぞ」

江角はエメラルドの指輪を掌にとり、由実に差し出す。強く勧められて、由実は左の中指に指輪をはめた。

「いいですね。ほんとに似合ってる」

江角は感じ入ったように長い息をつく。

——と、そこへノックがあって、ドアが開いた。現れたのは大迫だった。

「何だ、江角さん、ここだったんですか。いけませんね、抜けがけは」

「君の大切な人にエンゲージリングをつけてもらってたんです」

江角は大迫を振り仰いだ。「どう、きれいでしょう」

「そりゃあ江角さん、指輪よりモデルですよ」

大迫は由実の隣に腰を下ろした。上体を傾けて由実の手を見つめ、

「これはぼくがオーダーした指輪じゃないですか」

「そう。足立さんは君にプレゼントしてもらいたいようだ」

「えっ、私はそんなこと……」

「いいんですよ。気になさることはない。女性は男性に貢がせるものです」

「いくらですか、この指輪」大迫が訊《き》いた。

「こいつは驚いた。ほんとにプレゼントするつもり？」

「義を見てせざるは勇なきなり。一つくらい自分の作品を買うのもわるくはないでしょう」

　ことの成り行きに由実はうろたえる。身の置きどころがない。

「このエメラルドは三カラットくらいだから、原価で二百万ってところかな」

　こともなげに大迫はいう。江角はうなずいて、

「近いね。百九十万だ」

「だけど、ぼくは今、そんなに持ち合わせがない。二十万はキャッシュ、あとはボーナス払いってことにしてくれませんか」

「どうも困ったな。冗談がほんとになっちゃった。私は一銭も儲かるわけじゃないんだけど」江角は肩をすくめる。

　由実は困惑した。いくら親しくなったとはいえ、大迫から百九十万円もの指輪をプレゼントされるいわれがない。

「あの、私はこんな高価なものをいただくわけにはまいりません」

　指輪を抜き取ろうとする手を、

「だめ、だめ、男がいったんいいだしたことなんだから」

　と、大迫が両手で包み込む。

「じゃ、私が買います」

とっさにそういっていた。その程度の預金なら銀行にある。それに指輪が原価だという判断も働いた。

「お支払いは明日《あした》でもいいでしょうか」

「それは別に、半月先でもかまいませんが」と、江角。

「由実さん、それじゃ、ぼくの立場が……」

「すみません。出すぎた真似をして」

由実は心から詫《わ》びた。大迫はきまりわるそうな笑みを浮かべ、もうなにもいわなかった。

売買契約書を交わし、指輪と保証書を受け取って、由実はフィレックス商事を出た。代金は明日、振り込む。

「打ち合わせにつきあってもらって、とんだ買い物をしちゃいましたね」

階段を下りながら、大迫が話しかける。

「エメラルドの指輪、前から欲しかったんです。安く頒《わ》けてもらって感謝してます」

いいつつ、由実は後悔している。指輪が欲しかったのは嘘ではないが、あまりにも高価すぎる。大迫がそばにいなければ、契約を解消したかもしれない。

「そういってもらえると、ぼくも気が楽だ」

「江角さん、やり手ですね」言外に皮肉を込めた。

「かっこいいでしょ。奥さんはさる一部上場企業の重役のひとり娘で、小学生のお子さんが二人います。家は泉北《せんぼく》ニュータウンの泉ヶ丘《いずみがおか》、百五十坪の豪邸で、何度か遊びに行ったことがあるけど、絵に描いたようないい家庭ですよ。前々から、結婚するときは、仲人《なこうど》は江角さんご夫妻にお願いしようと考えてます」

結婚、という言葉がにわかに現実味を帯びて由実の耳をくすぐる。由実は来年の三月、二十四歳になる。

車のところに戻った途端、

「何だ、これは」

大迫が舌打ちした。セルシオのフロントウインドに駐車違反票が貼り付けてある。

大迫は苦り切った表情で違反票を剝《は》ぎ取り、ちりぢりに破って路上に撒《ま》き散らした。告知内容を読もうともしない。

「交番に出頭しなくてもいいんですか」

「犬は電柱に小便でもひっかけてりゃいい」

大迫はドアを開けた。由実が助手席に乗り込むと、セルシオはタイヤを軋《きし》ませて急発進した。

——その夜、由実と大迫は宗右衛門町《そうえもんちょう》のスナックで酒を飲んだ。大迫はいつになく饒舌《じょうぜつ》で、去年行ったヨーロッパやファッション業界の話をし、それを由実は興味深く聞いた。

午後十一時、二人は店を出た。由実は藤井寺《ふじいでら》のマンションまで、車で送ってもらい、別れ際に初めて唇を許した。大迫は、それ以上は求めなかった。

「わし、涼子《りょうこ》からキーを一本預ってますねん。きのうから何べんも電話したのに連絡がつかへんし、病院に訊いても、休んでるという返事ですわ。それで、心配になってマンションへ寄ってみたんです」

「あんた、鍵《かぎ》をあけて部屋に入ったんやな」

「そしたら、何か生ごみが腐ったようなにおいがしたんです」

安藤謙治《あんどうけんじ》は眉根《まゆね》を寄せ、鼻の下に指をあてた。「わし、わるい予感がしました。豊中で看護師が殺されてたし、涼子とその話をしたこともあるんです。……ほいで、奥の寝室の電灯を点《つ》けたら、ベッドの上に寝てたんです、涼子が……」

「ひと眼で死んでると分かったんやな」

「顔が膨れてました。眼も開けたままで、白うなってました」

死体の顔を思い出したのだろう、安藤は俯《うつむ》いてコクッと唾《つば》を飲み込んだ。パンチパーマの髪の間から灼《や》けた頭頂部の地肌がのぞいている。

「あんたが部屋に入ってから一一〇番するまでの時間は」

「せいぜい一分ぐらいやと思います。とにかく警察に報《しら》せなあかんと、そればっかりでした」

——安藤謙治から一一〇番通報があったのは、十一月十三日、午後六時二十八分だった。府警通信指令室の指示によって、東署から捜査員、鑑識係らが天王寺《てんのうじ》区生玉町《いくたまちょう》三番地の円徳寺マンション三〇二号室に急行し、実況見分を開始した。

死体状況は一見して川瀬深雪殺しとの関連を示すものであり、捜査一係長は逸早《いちはや》く豊中南署村木班の帳場に一報を入れた——。

「安藤さん、あんた、被害者《ガイシャ》とはいつからの関係です」

「——そろそろ二年です」

「知り合《お》うたきっかけは」

「涼子は金曜と土曜の夜、西天満《にしてんま》のスナックでバイトしてますねん」

「そのスナックの馴染《なじ》み客があんたというわけですな」

谷井はたばこを咥《くわ》えながら、「店の名前は」

「『サザンクロス』。梅新ビルの地階です。わし、職場が近くにあるから、店にはよう寄ってたんです。別に涼子を口説《くど》く気はなかったんやけど、あいつの方から、飯食いに連れてってとか、タクシーで送ってとか……」

「待った。あんたは訊かれたことだけ答えてくれたらよろしい」

マッチを擦った。一服吸いつけて、「被害者とあんたのつきあいを知ってるのは」

「サザンのママと、わしの友達《つれ》が一人です」

「ほな、あんたの奥さんは気づいてないんですな」

「――そう、知りません」

安藤の苦渋に満ちた顔。愛人の死を悼むようすはまるでなく、保身に汲々《きゅうきゅう》としている。こんなうだつのあがらない四十男に二十七歳の愛人がいたのだから、世の中は分からない。

「被害者には月々の小遣いを渡してたんですな」

「………」安藤は曖昧《あいまい》にうなずく。

「いくら」

「それは、ちょっと……」

「調べたらすぐに判ることでっせ」

「すんません、二十万です」

「ほう、二十万円ね」

谷井は眉《まゆ》をひそめた。安藤は大阪市土木局の工事検査主任だ。業者から金が渡っていない保証はどこにもない。

「その金、どこから捻《ひね》り出してたんです」

「――ボーナスです」

「同じ公務員やのに、高給取りですな」

事情聴取が終わり次第、捜査二課に引き継がねばならない。二課は贈収賄犯罪を担当する。

「被害者と愛人関係にあったんは、あんただけですか」

「わしだけやと思います。何せ、二十万も渡してたんやさかい」

安藤は涼子の浮気を警戒して、三度に一度は予告なしに部屋を訪れるようにしていた。涼子はあまり出歩かず、他に男がいる気配もなかったという。

「籍を入れたよめはんでもないのに、浮気はやっぱり気になるもんかいな」

「ええ年して恥ずかしいけど、刑事さん、わしは涼子に惚《ほ》れてました。他の男と浮気なんかしたら……」

と、そこで安藤はハッと口をつぐんだ。

「殺すぞ……と、そういうてたんですな」

「え、いや、それは……」

「あんた、被害者に惚れてたというくせに、涙の一滴も出ませんな」

谷井はたたみかける。安藤に対する心証はシロだが、すんなり無罪放免というわけにはいかない。徹底的に叩《たた》いて垢《あか》はすべて洗い落とす。

「ここ半月間のあんたの行動、詳しいに教えてもらいましょか」

たばこを揉《も》み消してメモ帳を手にとったとき、

「デカ長」

と、後ろから呼びかける声。矢代が小走りにそばへ来た。

「会議です。班長が寺へ集合するようにいうてます」

「分かった」

谷井は時計を一瞥《いちべつ》して立ち上った。午後十一時四十分、今夜は家に帰れないだろう。

「刑事さん、わしはどないしたらええんですか」と、二人を見上げて安藤がいう。

「ここで待っとってもらわなあきませんな」

「あんまり遅うなったら、明日《あした》の仕事にさしつかえます」

谷井は諭すように、「別れ話のもつれによる犯行……。今のところ、あんたが第一の容疑者やということを自覚してもらわなあかんがな」

言いおいて、ロビーをあとにした。横に並んだ矢代が、

「安藤、泣きそうな顔してました」

「身から出た錆《さび》や。あいつもわしも同類やで」

天王寺区生玉町の周辺は、ビルと寺、神社が混在し、特に谷町筋の西側には無数といってもいいほどの寺がある。慶長年間、秀吉の命令で、市中の寺がここに集められた。終戦後、空襲で焼けたお堂を再建する資金づくりに、寺が売りに出した境内を買って、次々にラブホテルが建ったため、生玉公園の北隣は市内有数のラブホテル街になっている。円徳寺マンションは生玉公園の南沿い、緑の濃い寺町の一角にある——。

記者とやじ馬を押しわけて、谷井と矢代は鐘楼横の裏門から円徳寺の境内に入った。

宿坊の大広間には三十人あまりの捜査員が集まっていた。ほとんどの刑事がマンション周辺の訊《き》き込みから帰って来たばかりで、寒そうに体を縮めている。天井の高い二十畳の大広間にガスストーブが一台あるきりだ。みんな靴を脱いでいるせいか、饐《す》えた足のにおいがする。

村木と山添を囲んで、捜査員は車座になった。

「よっしゃ。捜査報告を始める」

村木が口を切った。「被害者は池田涼子、二十七歳。浪速《なにわ》区日本橋《にっぽんばし》東の恵生会《けいせいかい》病院で臨床検査技師をしてる。死因は扼頸《やくけい》による扼殺。死亡推定日時は、十一月十一日午前六時から十一時ごろ。これに関連して、ひとつ重要な証言があった」

――十一日午前九時十五分ごろ、三階一号室に住む日根野《ひねの》敦子《あつこ》という女性が、二号室前の廊下に黒い大型スポーツバッグが放置されているのを目撃した。日根野は隣室の池田のバッグではないかと思い、そのことを知らせようかと迷ったが、社内運動会の集合時刻が迫っていたため、そのままマンションを出た。バッグは長い帯状の提げ紐《ひも》が付いた布製で、これといった特徴はなく、不自然な膨らみや異臭などもなかった。

日根野は午前八時四十分ごろ、近くのベーカリーへサンドウィッチを買いに行っており、そのときは廊下に何もなかったことから、このスポーツバッグを犯人のものと考えれば、犯行時刻を九時十五分前後と推定することができる。犯人はバッグを廊下に置いて三〇二号室に侵入し、池田涼子を扼殺したあと、バッグを室内に持ち込んだ可能性が強い。

「バッグの中身は衣装や。今度は若い学生の恰好《なり》をしてる」

池田涼子は、胸にANNIEという文字の入ったピンクのクルーネックセーター、丈の短いホワイトジーンズ、甲革に房飾りのついたスエードのタッセルローファーを身につけ、寝室のベッドに仰臥《ぎょうが》していた。足を揃え、両手をまっすぐ伸ばして腰に添えているのが、川瀬深雪の死体の姿勢とまったく同じだった。うなじの部分を刈り上げ気味にしたショートカットの髪、化粧は、濃い眉墨《まゆずみ》、赤のアイシャドー、青のマスカラ、頬紅、ローズレッドの口紅と、これも前《さき》の被害者と一致している。

下着はベージュのブラジャー、同色のショーツ、白のソックスで、どれも新品だった。体毛は腋下《えきか》から腕、足、陰毛まできれいに剃《そ》り落とされ、外陰部は剃りあとを隠すよう厚くファウンデーションが塗られていた。乳首にはニップレステープが貼られている。

「毛を剃ったんは被害者を殺したあとや。バスルームの洗い場にたくさん毛が落ちてた。それと、体内からは精液が採取されている。血液型はB。死体の外陰部に傷がないことから、今回もまた屍姦《しかん》の可能性が大きいな」

村木は胡座《あぐら》の足をくずし、両手を後ろについて痩《や》せた上体を支えた。「要するに、犯行状況は、服装を除いて、川瀬深雪殺しと何ら変わるところがない。こいつは明らかに同じ犯人による連続殺人や」

「制服からジーパン、テニスシューズからローファーと、だんだん成長してるみたいです」

　矢代が発言した。「次はスーツでも着せて、ＯＬに変身させるんですかね」

「なるほどな。そういう見方もあるか」

　村木はにやりとしたが、同意はしていないらしく、すぐ真顔になって、「しかしな、次の犯行を看過するようでは、班の面目は丸つぶれやぞ」

「臨床検査技師いうのは、どんなことをするんです」天王寺署の捜査員が訊いた。

「いろんな生理検査をする。心電図、脳波、肺機能、腹部エコー、血液生化学検査、そんなとこやな」

「検査技師の資格はどうやって」

「厚生省の国家試験を受けて合格せないかん」

　――池田涼子は大阪府の南端、岬町深日《ふけ》で生まれた。府立深日高校を卒業後、三年間、堺市《さかいし》の保健衛生専門学校へ通い、六年前の九月に国家試験を受けた。翌年二月、免許証を交付され、四月に恵生会病院へ就職。看護師寮へ入居したが、二年後の三月に寮を出て、円徳寺マンションに移っている。マンションの家賃は月額七万二千円、滞納したことはない。

　池田の勤務は月曜日から金曜日までの週五日間、午前八時四十五分から午後五時まで。月収は残業手当を含めて約二十五万円、同年代のＯＬに較べてかなりの高収入だといえる。

「恵生会病院のベッド数は百九十床。けっこう大きな病院やのに、検査技師が三人しかいてへんから、池田は毎日八時ごろまで残業してた」

「残業はする、金曜、土曜はスナックでバイト。よう貯まりますわな」

村木班主任の児玉《こだま》がいった。

「寝室のたんすの中に、銀行の通帳と株券の保護預り証があった。定期預金が三百万、普通預金が八十万、株は時価に換算して千二百万ほどやな」

ほう——と、ためいきまじりのざわめきが一座に広がった。谷井の預貯金はその半分ばかりしかない。

「池田の両親は深日に住んでる。父親は国鉄を退職して年金暮らしやから、経済的にそう余裕のある家庭ではない。池田は親から援助を受けず、その代わり仕送りもしてへん。将来は小さいスナックでも持ちたいというて、男関係はともかく金銭感覚はしっかりした娘《こ》や」

村木は上体を起こして、また胡座になった。「現場に物色された形跡はない。通帳や預り証も手つかずやし、犯人は池田の体だけが目的やった」

「川瀬と池田には接点があるんですかね」

児玉がいう。「ひとりは看護師、もうひとりは臨床検査技師。年齢は六つも離れてるし、出身地も学校もまるっきり違いますわ」

「そこが難しいとこやな」

応じたのは山添だった。「流しの犯行と考えたらことは簡単やけど、同じように病院勤めというのが気になる。それに行きあたりばったりの犯行なら、現場は犯人の居住する一定地域に限定される傾向がある。片や豊中、片や天王寺区では、ちょいと離れすぎてるとは思わんか」

「けど係長、豊中に住んで生玉附近に勤めてる人間はようけいてまっせ」

「うん……」山添はうなずいたきり、何もいわない。

「ひとつよろしいか」

村木班の浜西《はまにし》が手をあげた。「わし、二人の被害者が似てるような気がして仕方ないんですわ。写真を見ると、二人とも眼鼻だちがくっきりして、色が白い。年よりは二つ三つ若《わこ》う見えるかわいらしい顔で、背は百五十七前後、ちょっと細めの……何というたらええか、そう、女の子が持ってる着せ替え人形みたいなタイプです」

「そういや、確かに二人はよう似てるな」

村木がいった。「もしも、フランス人形が犯人の好みなら、二つの事件は流しの犯行やない。ちゃんと標的を決めて下見をした上での犯行や。犯人がどこでこの二人に目をつけたかというのが重要な問題になってくる」

「犯人は病気持ちで樋木病院と恵生会病院の両方に入院、治療を受けたことがある。そこで川瀬と池田を見初めた……と、そんなふうには考えられませんかね」と、村木班の畑中《はたなか》。

「槙木は結核と呼吸器、恵生会は脳神経外科が専門や。あんまり関連があるようには思えんけど……」

村木はひと呼吸おいて、「畑やんの意見、いただきや。二つの病院の患者の名前をつきあわせてみよ。薬や食料品の納入で共通してる業者があるかもしれん。いずれにせよ、犯人と川瀬、池田の接点についてはきっちり意識して捜査を進めないかん」

「被害者に性倒錯はなかったんですかね」

村木班の鈴木《すずき》が訊いた。「例えば、マゾとかレズとか」

「それはない」

谷井が答えた。「安藤がいうには、池田は完全にノーマルや。行為は割と淡白で、過去の男関係もそう多くはなかったらしい」

「池田の、他の男関係も洗わんといけませんね」

「まず、『サザンクロス』からや」

村木がいった。「川瀬と違《ちご》うて、池田は社交的な性格や。酒が強くもないのに、調子にのったら正体のなくなるまで飲むこともあったというから、池田をつまみ食いした客は何人かいてるやろ」

「現場の遺留品でめぼしいもんはありませんか」天王寺署の捜査員が訊《き》いた。

「セーターや。被害者の着てたピンクのセーター」

村木は即答した。腕を組み、背筋を伸ばして、「――あれは、手編みや」

「何ですて」

「池田は編み物をせえへん。そやし、あのセーターは、犯人が誰かにもろたか、あるいは自分で編んだと考えられる」

「男がセーターを編んだりしますか」鈴木がいった。

「メリヤス編みとかいういちばん簡単な編み方らしい。身ごろや袖《そで》を別々に編んどいて、あとで綴《と》じ合わせる」

「確か、白い毛糸で胸に大きなアルファベットを編み込んでましたな。……アン、何とか」

「Ａ、Ｎ、Ｎ、Ｉ、Ｅや。……アニーとでも読むんやろ」

「どういう意味です」

「辞書で調べたけど、女の名前や。ＡＮＮもしくはＡＮＮＥの愛称となってる。アンというのはカソリックの聖人に由来する名前で、アンネとかアンナとも読むそうや」

「アニーちゃんでっか……」

鈴木は首を傾げて、「そういう愛称で呼ばれてる女の手編みのセーターを犯人が手に入れたと考えたら、ことはすっきりしますね」

「このセーターの詳細は報道陣に流して、市民からの通報を待つ。期待はできそうやな」

「他の服や靴はどないです」

「白のジーパンはリーバイスの二十八インチ。靴は神戸のブリゲイドいうメーカーの製品で――」村木はメモ帳を繰りながら話し始めた。

谷井はもう何も聞いていない。口を押さえて、あくびを嚙《か》みころす。十一月二日の事件発生以来、一日五時間以上眠ったことがない。

4

アイデアスケッチからコピーを五枚とり、サインペンで色を塗った。アイボリー、ベージュ、黄、オレンジ、ピンク、みんな暖色系にした。どの色も布地はある。アイボリーとベージュは清楚《せいそ》、黄とオレンジは軽やか、ピンクは甘く、それぞれに個性があって選ぶのが難しい。

迷った末に、ピンクに決めた。アニーはやはりピンクが似合う。

アイデアスケッチをもとに、より詳細なスタイル画を描いた。上着はピークド・ラペルのダブルブレスト、四つのフロントボタン。Vゾーンを広くあけ、ブラウスとボウタイでアクセントをつける。タイトスカートは膝上《ひざうえ》五センチ。フロントに浅めのスリットを入れたとき、強く勃起《ぼっき》した。

作業を中断し、階段を下りてダイニングへ行った。ブルーマウンテンを挽《ひ》き、フィルターをセットして、少しずつ湯を注ぐ。粗挽きの粉が膨れあがり、落ちる滴を見ているうちに勃起はおさまっていた。

コーヒーを飲み、たばこを二本灰にして、部屋に戻った。

クローゼットからピンクの布地を取り出した。ウールフランネルで長さは五メートル、スーツを仕立てるにはこれで充分だ。

布地を広げ、上に型紙を重ねて待ち針でとめた。縫い代《しろ》は二センチ、チャコで型をとり、裁断する。買い換えたばかりの裁《た》ち鋏《ばさみ》は小気味よく切れる。

アニー、きれいなスーツを着せてあげるよ。アニー、アニー、アニー――。

裁断を終えた。額の汗を拭《ぬぐ》って立ち上ると、窓の外は白みかかっていた。

「ランジェリーとか大人のおもちゃいうのはね、刑事さん、店売りより通信販売の方が多いんでっせ。そやから、どんな客に人形を売ったか分かりませんがな。それに第一、外見だけで変質者かどうか判断できまへん。こんな店に出入りする客は多かれ少なかれネジが外れてますねん」

淀川区《よどがわく》十三《じゅうそう》本町、ラブホテル街の外れにあるアダルトショップの店主、小《こ》西賢次《にしけんじ》は口を尖《とが》らせていいつのる。

谷井は棚の電動サボテンを手にとってスイッチを入れた。上部がくねくねと首を振る。

グロテスクというよりは滑稽《こっけい》だ。

「ダッチワイフは月に何個くらい売れます」

「うちは二体ぐらいかな。わしがいうのも何やけど、あんな風船の化物に抱きついてる毛むくじゃらの男、想像するのも気色わるいね」

「ダッチワイフに服着せたり、化粧するのが好きな客、いてますか」

「さあ……。売ったあとは何をどうしようと、客の好き好きでっさかいな」

小西は大げさに肩をすくめ、手を広げた。

「見せまひょか、ナイトギャル」

奥の引き戸を開けて倉庫へ行き、肩にダッチワイフを担いで戻って来た。なるほど、風船の化物だ。肌色の胴体は中央部が細く彎曲《わんきょく》した鼓《つづみ》形、胸に二つの半球、風呂《ふろ》に浮かべるカエルのおもちゃのように扁平《へんぺい》な手足をY字形に広げ、股間《こかん》にはぽつんと円形の穴があいている。頭部は眼鼻を描いた西瓜《すいか》にとうもろこしのひげを振りかけたようで、ほとんど凹凸《おうとつ》がなく、まん丸の口に股間と同じ穴が付いている。体にも顔にもおよそリアリティーというものは感じられず、服を着せることなど思いつきもしない。これを相手に欲情するには、よほどの精神力と並外れた変態性が要る。

「このダッチワイフ、いくらです」

「一万五千円。買《こ》うてくれるんやったら安うしまっせ」

「もっと高いやつはちゃんと人間の形をしてますんか」

「十万円も出したら、シリコン製で等身大のナイトギャルがおまっせ。手足は可動式やし、服も着せられる。化粧もできんことはおません。けど、所詮《しょせん》はものいわん人形や。どんなに精巧に作ったかて、ほんまもんの女にはかないまへん」

正論だ。そう思うと同時に、犯人はダッチワイフや性具にさほどの興味を持っていないのではないかという気がした。

谷井はサボテンを棚に戻し、ポケットから写真を取り出した。川瀬深雪と池田涼子が身につけていた下着類を撮ったものだ。

「こんな商品を売った憶《おぼ》えはありませんか」

「すんまへんな、こういうまともなランジェリーは、うちには置いてまへん」

いって、小西は店内を見まわした。ところ狭しとディスプレイされた赤や黒のランジェリー類は布地の透けた煽情《せんじよう》的なものばかりで、その部分に切れ込みのあるパンティーまである。ふと谷井は千代子がそんな下着をつけた光景を思い浮かべ、慌てて打ち消した。

「やっぱり、犯人はスーパーや普通のランジェリーショップで手に入れよったんですね」と、矢代。

「けど、男は買いにくいで」

「男が大っぴらに女の下着や服を買えるとこがありまっせ、刑事さん」

「どこですねん、それ」

「女装用品専門店ですわ。この近くにも一軒オープンしましたがな」

小西は、「パトリシア」という店がそうだといい、ビルの一階と二階が女装用品売場、三階が化粧室、四階が集いの広場だと説明した。

「けっこう流行《はや》ってるみたいでっせ。四十、五十のサラリーマン連中が会社の帰りに変身するんですわ」

「理解しがたい世界ですな」

「ゾンビの映画は『パトリシア』でロケすることでんな。メーキャップの必要がない」

笑えない冗談をいって、小西は噴き出す。ひとしきり笑って、「『パトリシア』は駅の向こう側ですわ。公設市場のすぐ手前にピンクのビルが建ってます」

「了解。いろいろとためになりました」

谷井は一礼し、「さっきの通信販売の件やけど、顧客名簿を見せてもらえませんかね」

「そら、あきませんな」

小西の表情が一変した。「名簿はうちの飯の種でっせ。見せるわけにはいきまへん」

「そこを何とか。迷惑はかけんようにします」

「——そういわれてもね」

小西はあごの不精髭《ひげ》をつまみとるようにしながら、「ものは相談やけど刑事さん、こないだ、わしの友達が猥褻《わいせつ》物頒布でひっかかりましてね、どないかなりまへんか」

「それ、どこの署です」

いいつつ、谷井に口添えする意思は毛頭ない。

「南署ですわ」

「残念ながら、南署の風紀係に知り合いはいてへんのでね」

「ほな、名簿はアウト。どうしても要るんなら、しかるべき令状を持って来てもらいまひょか」

けんもほろろ、小西は天井を向いたきりで、取りつく島もない。あまりの変わりように継ぐ言葉がなかった。

谷井と矢代は「パトリシア」に入った。まだ夕方の五時だというのに、一、二階の女装用品売場にはそれぞれ数人の客がいて、ブラウスやスカート、化粧品選びに余念がない。みんな、ネクタイを締めた会社員風で、外見からその趣味を察知できる人物はひとりもいない。客同士、口をきいたり視線を交わすようなことはなく、谷井や矢代の存在にもまるで無関心だ。

「異様ですね」

矢代が耳許《もと》でささやいた。「各々が自分の世界にひたりきってます」

「選んだ服を着て、かつらをつけて、女に化けた姿しか頭にないんやろ」

「こういうの、女装おたくとでもいうんですかね」

「さて、いわくいいがたいな」

谷井は陳列ケースのショーツをじっくり見分する。川瀬深雪がつけていたような股上《またがみ》の深いものから、池田涼子が穿《は》いていたビキニタイプまで、種々のショーツが揃っている。奇をてらった派手なデザインは意外に少ない。

客のひとりが、プリーツスカートを持ってレジへ行った。店員は紺のブルゾンに蝶《ちょう》ネクタイの若い男で、下を向いたまま代金を受け取り、商品を包装した。決して客を見ようとはせず、ありがとうのひと言もいわなかった。

「これやったら、スーパーで万引する必要ないな」

「客の顔なんか憶えてないですわ」

谷井と矢代は、階段を上る客の後ろについて行く。

三階は貸ロッカー室と化粧室だった。化粧室はガラス張りで、中にかつらをつけた二人の客がおり、大きな鏡の前に陣取って、ファウンデーションを塗り、口紅をひいていた。

「狼男が変身するとこを見てるようですね」矢代が指で眼鏡を押し上げる。

「初めての下着、初めてのスカート、いっぺん狼男になってみるか」

「癖になったらどないします。スカート穿いた一課の探偵やて、しゃれになりませんわ」

「交通課でミニパトに乗らんかい」

谷井は踵《きびす》を返し、階段を下りた。四階の集いの広場をのぞく気はない。行けば、もっと気分がわるくなる。

二階のレジで手帳を呈示し、カウンターに写真を並べた。最初、警戒の色を見せた店員はおもねるような口調で、

「――ここの商品じゃないですね」

「ひと目で判るんですか」

「サイズが違います。ショーツはともかく、このブラジャーは女でないとつけられません」

「あ、そうか――」

そのとおりだ。いわれて、やっと気づいた。

「こらどうも、無駄足でした」

谷井は小さくいい、早々に「パトリシア」をあとにした。

鍵《かぎ》を渡すと、金物店の主人は後ろのハンガーボードから同じ型のキーを選び出し、二本を施盤にセットした。手慣れた動作で溝を削り出して行く。

はい、お待たせしました、主人は合鍵にプラスチックのネームプレートをつけ、紙袋に入れてカウンターに置いた。

代金を払って金物店を出た。これで、アニーの部屋にはいつでも忍び込める。

部屋に帰り着いた。ドアを開けると、玄関にエルがいて、足許にまとわりつく。スーツをハンガーにかけ、トレーナーに着替えるあいだもそばを離れない。抱き上げようと手を差しのべたら、すっと体《たい》を躱《かわ》してベッドの下に入った。

――幼いころ、三毛猫を飼っていた。眼の前で車に轢《ひ》かれ、痙攣《けいれん》しながら死んだ。

徐々に冷たくなっていく和毛《にこげ》の感触がまだ掌の中にある。

猫の死骸《しがい》は仏壇の抽斗《ひきだし》に隠し、異臭を放ちだして、母親に見つかった。赤いフリルのワンピースを縫い、それを死骸に着せて段ボールの棺に入れ、川原に埋めた。

猫を轢いたのは青色の乗用車だった。青い車を見かけるたびに、硬貨でひっかき傷をつけた。

猫の墓には一度線香を手向《たむ》けたきりで、場所も忘れてしまった——。

テーブルにミシンを据え、裁断した生地を縫い合わせる。アニーは細身だから、ダーツを深くとる。

アニー、きれいなスーツを着せてあげるよ。素敵なキャリアウーマンになろうね——。

午前三時近くになって、スカートが縫いあがった。アイロンで縫い代を割り、裾《すそ》をまつる。

——十一月十七日未明、コーポ・パークサイドの下着盗が逮捕された。蓑輪《みのわ》洋一《よういち》、二十九歳、服部本町から南へ約一キロ離れた稲津《いなづ》町に住む独身の鉄筋工だった。逮捕したのは、午前二時ごろ、無灯火の自転車に乗っているのを、パトカーの警官が職務質問したのがきっかけで、所持品の呈示を求めたところ、作業服のポケットに女物の下着を隠していたため、検挙し、豊中南署へ連行した。蓑輪の血液型—B型—を聞いて、帳場は色めきたった。

蓑輪は半年前から、啓光女子大学近辺のアパート、女子寮を狙って犯行を重ねていた。コーポ・パークサイドには三度侵入し、ベランダに干してある下着を盗んだ。蓑輪のアパートを捜索した村木班捜査員は三百枚のブラジャーとショーツを押収し、それらを署の道場に一枚ずつ広げて検証した。どれも洗濯したものばかりで、川瀬と池田殺しにつながりそうな新しい下着はなかった――。

取調室のドアが小さく開いて、山添が顔をのぞかせた。

「谷さん、ちょっと」手招きする。

谷井は矢代に眼くばせをして腰を上げ、廊下に出た。

「蓑輪のやつ、シロや。たった今、裏がとれた」

「両日とも、あきませんか」

「あかんな。十一月一日は――」

蓑輪は姫路市の加茂《かも》のビル建築現場で仕事をしており、複数の工事関係者がこれを証明した。また、十一月十一日は、朝から同僚二人といっしょに住之江《すみのえ》区の競艇場に出かけていた。

「調べは適当に切り上げてくれ。あとは三係に引き継ぐ」

「了解。そうしますわ」

谷井は取調室に戻り、蓑輪に向かい合った。

「おまえ、嘘をついてるようでもなさそうやな」

「ほんまや。わしはほんまのことしかいわへん」

「おまえ、パークサイドのあたりをしょっちゅううろついてたやろ。不審な人物を見かけた憶《おぼ》えはないか」

「フシンて、何のこっちゃ」

「わけの分からん、気色のわるい人間や」

「気色のわるいやつか……」

蓑輪は窓の方を向いて、ぶつぶつ呟《つぶや》き、「そういや、そんなやつがおったな」

「ほう、どんなんや」

「夜の夜中に、あのアパートの裏の道に車を駐《と》めて、じいっと建物を見上げてるやつがおったわ。わし、自転車でそばを通ったんや」

「夜の夜中というのは」

「さあ、一時過ぎやったかな。……もうひと月ほど前や」

「男の人相、風体は」

「フーテイ？」

「身なり、姿、服装や」いちいち解説しなければならない。

「背広や、背広。背は高い。顔は全然憶えてへん」

「パークサイドの住人を車で送って来たんと違うんかい」

「そんなことあらへん」

蓑輪は得意げにいった。「その男、猫を抱いていたがな。桃色の猫の頭を撫《な》でながら、じいっとアパートを見とるんや、えらい気色のわるいやつやった」

「ちょっと待て。桃色の猫てなもん、どこにもおらんぞ。縫いぐるみやろ」

「違う。あの猫は生きてた。ニャーニャー鳴いてた。猫に桃色の服を着せてたんや」

「何やと」

谷井と矢代が同時にいった。お互い顔を見合わせる。

「おまえ、そのときのことをちゃんと思い出せ。車種は、車の色は」

「白っぽい大きな車や。それだけしか知らん」

蓑輪は薄笑いを浮かべてそういい、いくら粘っても、それ以上の詳しい話は聞けなかった。

「わしは犯行の下見やと思いますわ。男が立ってたんは、位置的に、ちょうど二一二号室の真下の道です」

「猫にまで服を着せるとはな」

村木はデスクに片肘《かたひじ》をついた。「まず犯人と考えて間違いないやろ。大阪中のペットショップに込みをかけて、ネタを集めよ」

「もっと人員が欲しいですな」

「何とかやりくりする」

現在、帳場には四十二名の捜査員がいる。全員が分担して、セーラー服盗難の目撃者探し、性犯罪前歴者からの事情聴取、病院関係者からの訊《き》き込み、コーポ・パークサイド及び円徳寺マンションに出入りする訪問販売員、勧誘員に関する訊き込み、遺留品の追跡捜査、川瀬深雪と池田涼子の身辺捜査をしている。

「例のセーターの公開、通報はありましたか」

きのうの午後、池田涼子の着せられていたピンクのクルーネックセーターを報道陣に公開した。今日の朝刊はどれも社会面のトップにその写真を載せ、編み方やANNIEの意味について詳しい解説をしている。

「通報は一件もなしや。今回に限り、いたずらとかガセネタというのもない。こいつはどうやら空振りに終わりそうやな」

「ほな、犯人の手編みというわけですか」

「そういうことかもしれん」

村木は眼がしらを揉《も》みながら、「わしの知り合いに編み物教室の講師をしてるおばさんがおってな、聞いてみたら、男で棒針編みする連中、けっこういてるらしい。ストレス解消にええそうやな」

「それやったら、編み物教室も調べなあきませんね」矢代が口をはさんだ。

「そっちはもう手を打った。畑中の担当や」

村木の仕事は速い。人望はないが、能力はある。

「さっき、浜西がおもしろい情報を持って帰った。池田の預金通帳を細かく調べたら、毎月二十日に九万五千円の引き落としがあるんや」

「そら、大きな額ですな。引き落としの相手は」と、谷井。

「プレヴィアス・クレジットという信販会社や。……池田は今年の三月に、東亜システムという呉服販売会社から着物を買うてる。百七十万の買い物や」

「班長、それ、デート商法ですがな」

一週間前のニュースを谷井は思い起こした。


「先生、それ、婚約指輪?」

森部まゆみは眼を輝かせた。「すごい高そうな指輪やんか」

「つい衝動買いしてしまったの」

「ちょっと私につけさせて」

「まゆみの指に合うかな」

由実は指輪を外して、まゆみに手渡した。まゆみは薬指にはめようとするが入らず、小指につけた。

「きれいな。これ、エメラルド?」

「よく知ってるね」

「そら、私も女の子やもん。ルビーとオパール、アクアマリンというのも知ってるわ。

私の誕生石、ダイヤやねん」

「ま、贅沢《ぜいたく》な子」

「先生、ほんまは、これ、カレにプレゼントしてもろたんやろ」

　まゆみは上体をかがめて由実の表情をうかがう。由実より七、八センチは背が高いから、自然にそんな姿勢になる。

「先生みたいなかわいい人といっしょになるだんなさん、羨《うらや》ましいわ。私も早《はよ》う結婚したい」

「まゆみはまだ十七でしょ」

「もう十八。私、短大を出たら、就職せんと、すぐに結婚することに決めてんねん」

「苦労するわよ」

「私、好きな人と暮らせるんやったら、六畳一間のアパートで、毎日インスタントラーメンを食べてもかまへんわ。そして、だんなさんが会社から帰って来たら、近くの公園でバドミントンする」

「へーえ、まゆみは尽くすタイプなんだ」

　由実は笑った。まゆみの純粋さがほほえましい。由実も二十歳のころ、無性に結婚に憧《あこが》れたことがあった。今は結婚後の生活を見通し、相手の条件や将来性を勘案しなければ次のステップに踏み切ることができない。

　まゆみはさまざまな角度から指輪を見ながら、

「先生、宝石を買うんやったら、私の親戚《しんせき》が卸屋さんをしてるのに」

「でも、安く買ったのよ。市価の半額」

由実は、ボーイフレンドに連れられて宝飾品会社を訪れたことを話した。まゆみはじっと耳を傾けて、

「そのボーイフレンド、昔からの友達？」

「なぜ、そんなこと訊くの」

「私、新聞を見た。最近、デート商法とかいうのが流行《はや》ってるんやて」

「デート商法？」

「若いかっこいいセールスマンが独身のＯＬに電話してデートするの。そして、高い和服を売りつけるらしいよ」

「――それ、いつの新聞」

「一週間前くらいかな。……そやけど、先生は心配ないわ。無理やり和服を買わされたわけやないし、ちゃんとしたカレもいてそうやから」

まゆみは、ふふっと笑って指輪を抜き、ラケットを持ってコートへ走って行った。

デート商法か――由実は呟いた。どこか落ち着かない。

体育館を出て、職員室に戻った。バインダーに綴《と》じた新聞を休憩所に持ち込んで、社会面に眼を通す。まゆみのいったとおり、ちょうど一週間前の朝刊にその記事はあった。

デート商法摘発。

着物販売、五人逮捕、ＯＬら六百人、六億円被害。

大阪市北区浪花《なにわ》町十の五、呉服販売会社「東亜システム」（高橋忠寛《たかはしただひろ》社長）のセールスマンが卒業者名簿などを使って独身女性に電話、数回デートしたあと、「契約するまで帰さんからな」などと脅して強引に着物を売りつけていたとして、大阪府警生活経済課と曾根崎署は十日、威迫《いはく》行為などを禁止した訪問販売法違反と恐喝、同未遂行為でセールスマン五人を逮捕、同社を捜索した。同課は、被害は大阪を中心に約六百人、六億数千万円にのぼるとみており、同社幹部らの関与の有無についても追及する。

――調べによると、同社は本社のほか大淀区《おおよどく》に支社と呉服店舗を置き、京都市内の呉服問屋から着物を仕入れて販売している。販売方法は若くハンサムなセールスマンが二十代前半のＯＬや看護師を狙って「高校時代あなたと同姓同名の子がいた。ぜひ会いたい」、「卒業アルバムを見て好感を持った」などと電話して誘い出し、喫茶店などで数回デートして親しくなったあと、客を同社や取引先の問屋へ同行、契約を交わす「アポイントメント・セールス」と呼ばれる方法で、いわゆるデート商法が中心。

――直接の逮捕容疑によると、五人は今年二月ごろから十月ごろにかけて、このような方法で勧誘した大阪市内のＯＬ（二二）ら若い女性八人に対し、「着物はいずれいるものだし、ここなら市価の半額」などと持ちかけ、契約をしぶられると、深夜までマンションなどで軟禁状態にし、机を叩《たた》いたりして脅し、着物八着（約九百六十万円相当）

を無理やり買わせる契約をした疑い。

――勧誘トークの内容からセールスマンは被害女性の身上関係について、かなりの情報を持っているとみられ、同課は高校の卒業者名簿や社員名簿を同社が入手、セールスマンに渡していた疑いがあるとみている。

由実は新聞を置いた。指輪を買った状況と、デート商法との相違について考えてみる。初めに電話をかけてきたのは、商品企画部の女子社員だった。用件は商品モニターの依頼であり、卒業アルバム云々《うんぬん》といったあやふやなものではない。東京ハサウェイは一部上場企業で、大迫は商品企画部マネージャーだ。預ったストールは無償だし、レポートも提出した。指輪を買ったのは自分の意志であり、それを、大迫はプレゼントするといったのだ。

「何だ、ばかばかしい」

由実はたとえわずかでも大迫を疑ったことを恥じた。

あの日、初めてキスをした。彼が強く求めたら、部屋に招いていただろう。心では、すでに体を許していた――。

由実は立って、お茶を淹《い》れた。新聞の文芸欄を読みながら飲む。色がついているだけのお茶はほとんど味がない。

5

月曜日、午後十時四十五分、テニススクール脇の路上に車を駐《と》めた。二車線の道路をはさんだスクールの向かい側は小学校で、明かりのない校舎と十数本のポプラが塀越しに見える。

エンジンをとめ、ライトを消して、たばこを一本吸った。あたりに人影がないのを確認し、スポーツバッグを掴《つか》んで車外に出た。静かにドアを閉め、施錠する。

バッグのベルトを肩にかけ、ゆっくり歩いた。遠く前方の三叉路《さんさろ》を、犬を連れた男が通り過ぎる。車を出て初めて眼にした人の姿、住宅街の夜は早い。

二十分後、明和《めいわ》ハイツに着いた。白い外装の五階建、前に車寄せと駐車場を配し、敷地はコンクリート打ち放しの低い化粧塀で囲まれている。

正面玄関からハイツ内に入った。二階まで吹き抜けになったエントランスホール、埋め込みのダウンライト、床は黒の人造石、柱と壁に煉瓦タイルを張りつめて、パークサイドや円徳寺マンションよりは一段格上の仕様だ。アニーはいいマンションに住んでいる。

階段で五階に上った。六号室、通路側の窓に明かりが点《つ》いている。近づいて耳をそばだてると、かすかに音楽が聞こえた。

アニーは部屋にいる。満足してそこを離れた。

屋上に出て、空を見上げた。晴天、風はなく、星が近い。階段通路の壁面に寄りかかって時を待つ。寒さは感じない。

――午前一時、革手袋をつけた。膝《ひざ》を屈伸させ、息を整える。

五階、六号室の窓の明かりは消えていた。ドアの鍵穴《かぎあな》にキーを差し込み、まわす。ドアを引いた。玄関は暗く、ドアチェーンはかけられていない。スポーツバッグを先に中へ入れ、侵入した。

ドアを閉め、錠をおろした。廊下の突きあたりはガラスの化粧扉で、薄明かりがちらちらするのはテレビだろう。アニーはまだ起きている。

バッグを置き、スニーカーのままフローリングの廊下を進む。アニーのあえかな息づかいが耳の奥に聞こえる。

扉のガラスに顔を寄せた。洋間の右奥に大型テレビ、電灯は点いていない。手前のソファで何かが動いている。

――アニーはソファの背もたれに片足をのせていた。そして、その上で律動する裸の男。痩《や》せた背中にアニーの腕がまわされ、シルエットとなって浮かび上る。

血が逆流した。壁に上体をもたせかけ、膝から崩れ落ちる。一瞬、意識が薄れそうになり、激しく頭を振った。

いけない、アニー、そんなことしちゃいけない——。

這《は》うようにして玄関に戻り、バッグを抱えて外へ出た。ドアを閉め、階段へ走る。足がもつれて何度もころびそうになった。

三限目のチャイムが鳴った。由実は机の抽斗《ひきだし》から五枚の十円硬貨を拾い出し、職員室を出た。階段を下りる。

事務室前の赤電話は空いていた。休み時間中は生徒が行き来するので話がしにくい。受話器をとり、硬貨を入れてボタンを押した。

——はい、お電話ありがとうございます。

——東京ハサウェイの商品企画部でしょうか。

——はい、そうです。

——大迫マネージャー、いらっしゃいませんか。

——おたくさまは。

——足立と申します。

——お待ち下さいませ。

よかった、今日は会社にいるみたい——、由実はほっとした。一週間前に大迫と会って以来、一度も連絡がない。土曜日に電話したら、札幌へ出張していた。

――申しわけありません、大迫は会議中で、終わり次第連絡すると申しております。

――あ、そうですか。よろしくお願いします。

頭を下げ、電話を切った。

由実は少し不満に思う。大迫は東京ハサウェイの社員寮に住んでいるのだが、自動車電話があるから、といって、部屋には電話を引いていない。社員寮の電話番号を教えてくれないのは、五十すぎの女性管理人が話を盗み聞きするからだという。

家庭科の準備室でコーヒーをごちそうになろうと思い、中庭に出た。噴水脇のテラスにイーゼルを据えて、森部まゆみが油絵を描いている。由実は後ろからそっと近づいた。

「上手ね」

「あ、びっくりした。何や、先生かいな」

まゆみは由実を振り仰ぐ。「空の色が難しいわ。それに、あの木、毎週、葉っぱが黄色に変わっていくねん」

美術の授業は週に一回だけだ。生徒は音楽、書道、美術のうち、ひとつを選択して芸術科の単位を修得する。

「まゆみは美術の成績がよさそうね」

「絵を描くの、好きやねん。一年のときは、『5』やった」

「国語は」

「それは先生、いいっこなし」

「短大は美術系に行きたいんだ」

「私、グラフィックデザイナーになりたい」

「このあいだは、就職せずに結婚するっていったじゃない」

「というのもいいかな、と思ってる」

まゆみはぺろっと舌を出した。由実はいっしょになって笑う。

「そやけど先生、結婚したら子供ができるやろ。産むの、痛いやんか」

「女だもの、仕方ないでしょ」

「私、卵で産みたいわ」

「どこかで聞いたせりふね」

「ね、ね、先生はバージン？」

「え……」絶句した。

「そんなことないよね。先生、二十四やもん」

「まだ二十三です」

指でまゆみの頭をこつんと叩き、テラスを離れた。話を続けていると、何を訊《き》かれるか分からない。

大迫からの電話は昼の休み時間にあった。

——わるい、わるい、会議が長びいちゃって。

——お仕事、忙しそうね。

——今週はね。来週、会おうか。月曜か火曜。

——ええ、ぜひ。……どこで。

——また電話するよ。今決めても、仕事が入っちゃうかもしれない。

——忘れないでね、電話。

受話器を置いた。教頭がちらりとこちらを見た。

池田涼子の異性関係はひどく乱れていた。池田は安藤謙治の他に「サザンクロス」の馴《な》染《じ》み客数人と関係があり、病院の放射線技師ともつきあいがあった。

村木は池田の信販契約の事実から、東亜システムの営業部員ともつながりがあったのではないかと考え、その捜査を谷井に指示した。

谷井と矢代は府警本部生活経済課の協力を得てこれを調べ、池田の担当社員——坂井《さかい》貞雄《さだお》、二十五歳——をつきとめた。坂井は八ヵ月前に東亜システムを退社しており、現在は東京の品川区に居住している。

「あたるをさいわい、誰とでもええ……そんな感じですね」

「功ちゃんも『サザンクロス』の客やったらよかったのにな」

矢代は独身だ。まだ三十一なのに額がすっかり抜けあがって、かわいそうに外見は四十少し前。見合いするたびに断られている。

「けど、わしみたいな探偵とお手合わせしてくれましたかね」

「さあ、どうやろ……池田の好みが分からんさかいな」そういわざるを得ない。

「わし、東京は初めてです。今晩が泊まりやったら、新宿あたりを探訪するのに」

「片道三時間というのも良し悪しやな」

弁当を食べる手を休めて、谷井は車窓に眼をやった。線路のすぐそばまで建て込んだ住宅、赤や青の屋根が右から左へ飛ぶように流れて行く——。

ひかり二一四号は定刻どおり東京駅へ着いた。広大なコンコース、谷井は人の多さに驚き、矢代は観光マップを繰る。行きつ戻りつして、山手線に乗った。

やっぱさ、あれはさ——。なにいってんだよ、あのときは——。うるせえな、——じゃんかよ。学生が東京弁を喋《しゃべ》っている。あたりまえだが、それで東京に来たことを実感する。

目《め》蒲《かま》線に乗り換え、西小《にしこ》山《やま》駅で降りた。大阪環状線の玉造《たまつくり》や桃谷《ももだに》駅近辺に似た、狭い道路の入り組んだ町。駅前の果物屋で、あおやぎハウスの場所を訊いた。

「デカ長、東京いうのは住みにくいとこですね」ぼそっと矢代がいう。

「何でや。人間が多いからか」

「それもあるけど、……さっきの果物屋の値札を見ましたか。梨やぶどう、どれも大阪より二割は高いでっせ。わし、いつも買い物してるから、よう分かります」

矢代は此花《このはな》区のアパートに一人住まいしている。通うのが面倒だといって、豊中南署にもよく泊まる。

「住みにくいのは、大阪も似たりよったりや。人が集まる、地価が上る、道路は混雑する、物価も上る、犯罪も増える」

「けど、そこを離れたら職を失います」

「ほんまにな。田舎の畑仕事では食うていけん」

――駅から五分歩いて、あおやぎハウスに着いた。鉄骨二階建、前面をハーフミラーで仕上げたテラスハウスは周囲の棟割長屋から隔絶し、ひどくアンバランスな印象を与える。

谷井はメールボックスの名札を確認し、一階二号室のドアをノックした。今日の訊き込みは事前に連絡してある。

「そりゃ、あの事件のことは知ってますよ。だけど、殺されたのがあの女だってことは思いもしなかった。おれは毎日、三、四人の女と会ってたんですからね、名前なんて憶《おぼ》えちゃいませんよ」

「それであんた、ひと月に何ぼくらい売ってたんや」

「成約は十件くらい。一千万から一千五百万といったところかな」

「あんたの取り分は」

「基本給プラス売り上げの二パーセント。やばいわりには金になんなかった」

「やばいと知ってて、やってたんやな」

「セックスですよ、刑事さん。今日はどの女と寝ようかなって、アドレス帳の上でサイコロをころがすんです」

坂井貞雄は平然と言い放ち、へらへらと笑う。いま流行《はや》りの短く刈り上げた髪、頬のそげた長い顔、こんなモヤシ男のどこがいいのか、まるで解せない。

「おまえな、そうやって若い女を騙《だま》して、わるいとは思てへんのか」

怒気を含んで矢代がいった。サイコロ云々《うんぬん》がかちんと来たのだろう。

「おまえ？……それはないでしょう、刑事さん」

坂井は矢代を睨《ね》めつける。「おれはね、犯罪者じゃないんだ。とっくの昔に恋人商法から足を洗ってる」

「被害届が出てへんだけや。八ヵ月前に遡《さかのぼ》って立件起訴できるんやぞ」

負けじと矢代も睨《にら》みかえす。

「おもしろい、やってもらおうじゃないですか」

「まあ、待て」

谷井は割って入った。坂井に向かって、「わしら、東京くんだりまで喧嘩《けんか》しに来たんやない。あんたの正直な話を聞けたら、それでええんや」

「だったら、口のきき方に気をつけてもらわなきゃ」

「あんた、女の子に目をつける基準は何や。卒業アルバムなんかを見て、手当り次第に電話するんかいな」

「そりゃ、だめですね」

坂井は前髪を払って、「まず、学生は対象外。やつらは金がない。おいしいのはＯＬです。新米の看護師なんか、申し分ない」

「やっぱり、看護師がいちばんかいな」

「田舎から出て来たうぶな子が多いんですよね。看護学校の勉強はハードだし、寮住まいだから、世間が狭い。病院勤務は不規則で、男と知りあう機会が少ない上に高収入と来れば、三拍子も四拍子も揃ったおいしい餌でしょう」

「ほいで、看護師やＯＬがひっかかる確率は」

「そうだな、二、三十人に一人かな。うまくつきあえば、一人の女から二度も三度も契約をとれるし、同じ手口で他の会社に騙されるばかもいる。疑うことを知らないのか、知っててすり寄って来るのか、おれも不思議に思うことがありましたよ」

大阪には十数社のデート商法会社がある、と生活経済課の捜査員に聞いた。彼らはそれぞれ、信販会社、呉服問屋、時計宝飾品会社などと結託し、また営業社員どうし情報を交換しあって、事業の拡大をはかっているという。

「あんた、そういうおいしい仕事を何で辞めたんや」

坂井の鼻づらを殴りつける光景を頭に描きつつ、努めて平静な口調で谷井は訊いた。

「東亜のやり口がきつくなっちゃったんですよ」

坂井は首筋を撫《な》でた。「おれがいたころは、まだよかったんです。……友人に紹介したいからパーティーに行こう、着物でないと出席できないとかいって、ちゃんと恋人らしく勧誘してたんだけど、そのころからデート商法が新聞やテレビで大きく報道されるようになって、売り上げは落ちる一方でした。会社の幹部はあせっちゃって、客を脅したり、営業所に閉じ込めたりするもんだから、これはほんとにやばいかなと、こっちもびびっちゃったんです。同じころに辞めた連中が、五、六人はいたんじゃないかな」

「そら正解や。あんた、ええ時に辞めたで」

「それに刑事さん、おれって、けっこう金遣いが荒いんですよね」

坂井はテーブル上の鍵《かぎ》束に眼を走らせる。中に一本、円を三分割したエンブレムはベンツのキーだろう。

「朝の早くから夜遅くまで、ベッドの中でさえ働いてるのに、ほとんど残らない。同じような仕事なら、こっちの方がいいかなって、そう思ったんです」

坂井は六本木のクラブで働いているという。三流のホストクラブだろう。

「たぶらかす相手が、素人さんからソープ嬢に替わったというわけやな」矢代がいった。

「何だよ、あんた、それが人にものを訊《き》く態度かよ」

坂井は気《け》色《しき》ばむ。「帰れよ、帰ってくれよ。おれは……」

「そうか、分かった」

矢代は立ち上るなり、坂井のトレーナーを摑《つか》んで引き寄せた。とめる暇もない。

「忘れたらあかんがな。大阪の探偵さんはな、お行儀がわるいんやで」

矢代は襟首を絞り上げる。坂井は激しく咳《せ》き込み、懸命にうなずく。

「おまえにいわれんでも、わしらは今晩、大阪へ帰る。そやから、ひとつ土産をくれ。……十一月一日と十一日、どこで何をしてた」

矢代は低くいって坂井を突き放した。坂井は離れて笛のような息をつぎ、

「――ここひと月は東京を出てません。店も休んでないし、昼は近くの蕎麦屋《そばや》で飯を食ってるから、証明はできます」

喘《あえ》ぎ喘ぎ、そういった。


「すんません、デカ長、ついカッとなってしもて」

駅へ向かう道すがら、矢代は俯《うつむ》いて頭をかく。

「かまへん。わしも若いころはようやった」

谷井は歩みをとめた。「大阪の探偵は行儀がわるい……身につまされるな」

そのとおりだ。警官にまつわる不祥事の発生件数は大阪が全国一だろう。

「デカ長、わし、思いついたんですがね……」

「何や」また歩きだした。

「犯人がどこで川瀬と池田を見初めたか。……デート商法の現場にも接点があったとは考えられませんか」

「ほう、それは」

「川瀬は看護師です。池田と同じように、デート商法にひっかかったんと違いますやろか。犯人がデート商法に関係する人間やったら、川瀬と池田の両方を見知ってる可能性があります」

「なるほど、それは道理や」

谷井は手を打った。「川瀬は着物を買うてへんけど、デートの一回や二回はしてるかもしれん。功ちゃん、こいつはひょっとしたらひょっとするで」

刑事のカンにぴんと響くものがある。谷井はもつれた糸の一端を探りあてたような気がした。

電話——。

由実は目覚まし時計を見た。午後十一時十分、こんな遅くに電話をかけてくるのは有田の母親しかいない。

読みかけの文庫本を枕許《もと》に伏せ、由実は寝床を出る。

「はい、足立です」

「大迫です。夜分、申しわけない」

驚いた。でもうれしい。

「今、何してた」

「そろそろ寝ようかなって、横になってたの」

「由実は何を着て眠るのかな。パジャマ、それともネグリジェ？」

「パジャマです。私、寝相がわるいから」

由実は胸元に眼をやり、外れているボタンをとめた。

「ぼく、どこにいると思う」

「北海道、九州、……それとも、外国？」

電話の声が遠いのでそう思った。

「違う。車の中さ。藤井寺駅のそばを走ってる」

「あら、すぐ近くね」

「これから由実のところへ行きたいんだけど、いいかな」

「え……」

胸がきゅんとなった。「私、パジャマだから」

「由実のパジャマ姿を見たいといったら？」

「今日は時間も遅いし、明日《あした》も早いから」

「ぼくも明日は仕事だから、学校まで車で送ってくよ」

大迫は泊まるつもりらしい。

「——でも、困ります。そんな、急にいわれても」

「何もしやしないよ。いっしょにいたいだけなんだ」

「気をわるくしないで。ほんとにだめなの」

いった言葉で、由実は生理中だということを思いだした。困惑しつつ、そんなことに気づく自分がいやらしい。

「由実に会いたくて、ここまで来たんだ」

「ごめんなさい、ほんとにだめなの」

心をこめて、いった。大迫を怒らせたくないが、会えばどんな状況を招くか想像がつく。

「じゃあ、こうしよう。車で三十分だけドライブしよう」

大迫はなおも誘う。三十分のドライブに一時間の仕度が要ることを男は知らない。

「ほんとにごめんなさい。明日、電話します。自動車電話の番号を教えて下さい」

「――分かった。もういい」

電話が切れた。

由実は受話器を握りしめたまま考える。――三十分だけでも会えばよかったのだろうか。だけど、ドライブがドライブだけで終わるとは思えない。大迫はこの部屋に来ようとするだろうし、わるくすれば、どこかのホテルに車を乗り入れようとするかもしれない。そしてそうなったとき、どんな言い訳をし、どう大迫の要求をかわせばいいのだろう……自信はまったくない。

でも大迫はなぜあんなに執拗《しつよう》な誘いかけをしたのだろう。彼は、時には冷《ひ》たいと感じるほどプライドが高く、生き方に絶大な自信を持っている。そこに由実は魅かれたのだが、さっきの電話で少なからず幻滅した。あのしつこさは、大迫が今まで見せたことのない一面であり、意想外な弱さでもあった。

そういえば私、あの人のことをほとんど何も知らないんだ——由実は傍らのダイニングチェアを引き寄せ、腰かけた。

大迫靖樹、二十八歳、東京ハサウェイ商品企画部マネージャー。長崎県で生まれ、中学、高校を卒業後、東京の私立大学に入学、親に成城学園前のマンションを買ってもらい、そこから大学へ通った。東京ハサウェイに入社後、三年目に大阪支社勤務となり、成城のマンションを売って、大阪の社員寮へ移った。父親は長崎で会社を経営しており、市内に大きな家がある。

——と、以上が大迫に関する知識だが、由実は彼の出身校を知らない。家族構成も、父親の会社の業種、経営規模も知らない。そして、仕事を離れた大迫の私生活——社員寮、友人との交遊など——も知らない。それらを訊かれると、大迫は、いやな思い出があるとか、プライベートなことだといって答えをはぐらかし、そのくせ、由実には初恋の話から給料の額まで訊く。

大迫のスマートさは他人行儀の裏返しかもしれない、と由実は時おり思うことがある。たった三ヵ月、四回ばかり会っただけの交際で多くを知るのは無理だと分かっているが、反面、いくら深くつきあっても大迫の真情には触れることができないのではないかという気がすることもある。

大学生のころ、由実は同じテニス同好会の先輩とつきあっていた。二人だけで泊まりがけの旅行をしたこともある。今思えば、生活実感のないままごとのような恋愛、先輩は東京の企業に就職し、由実は大阪府の教員採用試験に合格して、二人の仲は自然消滅した。先輩は好きだったが、結婚したいとは一度も考えたことがなかった。

由実は受話器の通話スイッチを入れ、一〇四番を押した。

――はい、番号案内です。

――すみません、自動車電話の番号は教えていただけるんでしょうか。

――近畿《きんき》地区ならご案内できます。お名前と住所をおっしゃって下さい。

――オオサコ・ヤスキ、住所は枚方《ひらかた》です。

由実は受話器を耳にあてたまま、メモ帳とボールペンを用意した。

――お待たせしました。オオサコ・ヤスキさんという名では登録がありませんね。

――じゃあ、寝屋川《ねやがわ》か交野《かたの》市かもしれません。

――近畿地方では登録されてませんね、オオサコ・ヤスキさんという方は。

――そうですか。どうもお手数かけました。

礼をいって、オフスイッチを押したとき、バルコニーの向こうで車のドアの閉まる音が聞こえた。由実は立ってリビングへ行き、ガラス戸《と》を引き開けてバルコニーへ出た。見下ろすと、下の道路にあずき色のセルシオが駐められ、大迫らしいスーツの男が玄関へ向かうところだった。マンションの玄関ドアは夜十時以降、電子ロックで施錠されており、四桁《けた》の暗証番号を押さないと中には入れない。

由実はダイニングルームを走り抜けた。パジャマのまま外へ出て、隣室のドアをノックする。隣の住人は岡田《おかだ》美智子《みちこ》というエアロビクスのインストラクターで、由実と美智子はかなり親しい。

ドアが開いて、美智子が顔をのぞかせた。髪にタオルを巻きつけている。

「どうしたん、えらい慌てて」

「お願いがあるの。今晩、うちに来て」

「お酒でも飲むん？」

「そうじゃないけど……友達が下の玄関に来てるんです。私、二人っきりになりたくなくて」

「その友達は男やね」

美智子は親指を立てた。「いややったら、断ったらいいのに」

「断ったら、これっきりという気がして……」

「ややこしいのは乙女心というやつか。……分かった、すぐ行く」

美智子は頭のタオルをとり、キーホルダーを持って外へ出て来た。丈の長い赤のトレーナー、黒のスパッツ、膝《ひざ》をかがめてドアに鍵《かぎ》をかける。

由実は美智子といっしょに部屋に入った。ダイニングのインターホンが鳴っている。

「それ、それ、彼氏がお呼びですよ」

美智子に背中を押されて受話器をとる。

「大迫です。今、下にいるんだけど、顔を見せてくれないかな」

有無をいわせぬ口調だ。由実は少し腹立たしい。

「外には出られません。こちらへ来て下さい」

事務的にいって、玄関ドアのナンバーを教えた。

「あれ、ま、すげない言い方。嫌われるで」美智子がくすりと笑う。

由実はパジャマの上にガウンをはおった。髪を梳《と》く。

——ノック。大迫が来た。

由実は美智子を従えて、ドアを開けた。

「わるい。どうしても……」

大迫は話しかけ、美智子に気づいて、驚いた顔になった。「何だ、お客さんがいたんだ」

「お隣の美智子さん」

「よろしく」美智子は両手を揃えて深々とお辞儀する。

「ごめんなさい、さっきは言いだせなくて」

「いや、いいんだ……」

大迫は身の置きどころがないといった感じで、「これから寮に帰るんだけど、眠気覚ましにコーヒーでも、と思ってね」

「淹《い》れましょか、コーヒー」後ろで美智子がいう。

「ありがとう。だけど遅いから帰ります」

「また電話して下さい」

由実はとめなかった。

「じゃあ、また」

大迫は硬い表情のまま会釈し、背中を向けて去って行った。

「めちゃくちゃ、いい男やんか。もったいない。何で断ったりするの」

「そんな仲じゃないのよ」

「それやったら、私に紹介して。一晩でも二晩でもおつきあいするわ」

「とにかく、今日は感謝します。コーヒー、淹れようか」

「飲んだら寝られへん。もう用済みのようやし、私は帰る」

美智子は両手を脇腹にあて、片膝を高くあげてくるりとターンした。


――水曜日、午前零時、明和ハイツは夜のしじまに沈んでいる。眼をつむると、アニーの寝息が耳許《もと》に聞こえる。

錠を外してドアを開き、侵入した。廊下の突きあたり、ガラスの化粧扉に今日は明かりがない。

ペンライトを点《つ》けた。左にバスルーム、トイレ、右のクロス張りのドアが寝室だ。そっとノブをまわし、少し押し開ける。カーテンの隙間から射し込む一条の光、ローチェストの上に鉢植えのサンセベリアが見える。

ペンライトをポケットにしまい、スニーカーを脱いで室内に入った。甘く、たおやかなアニーの匂い、華奢《きゃしゃ》な白木のシングルベッド、彼女は青いギンガムチェックのふとんにくるまって眠っていた。胸が小さく上下する。

アニー、待たせてごめん。素敵な服を持って来たよ。君が欲しがってたピンクのスーツ、きっと似合うからね。

ベッドの脇に立った。指を曲げ伸ばしして革手袋を手になじませ、大きく深呼吸する。

両手を合わせて半円形に構え、アニーの白い喉《のど》だけを見つめて、少しずつ、少しずつ、かがみ込む。

指があごに触れた。瞬間、全体重を込めて頸《くび》を絞め、同時に、ふとんの上に馬乗りになる。膝頭で腕を押さえつけ、体の自由を奪う。

アニーは跳ねた。ふとんを蹴《け》り、上体を弓なりに反らせて激しくもがく。

アニー、暴れちゃいけない、暴れちゃいけない。力の限り絞めた。死、死、死、死、死、死……秒を読む。

やがて、アニーの抵抗はやみ、一度小さく震えて息絶えた。

ベッドを降り、電灯を点けた。寝室を出て、玄関からスポーツバッグを持って来る。

ふとんと毛布をたたんで、クローゼットに押し込んだ。

アニーはTシャツとパンティーを身につけていた。脱がせて床に放り、裸のアニーを抱えてバスルームへ行く。

アニーを洗い場に下ろし、壁に背中をもたせかけて坐《すわ》らせた。洗面所で、ジョギングスーツと下着を脱ぎ、手袋をとって、裸になる。

給湯器のスイッチを押し、シャワーの栓をひねった。アニーは寒がりだから、熱めの湯を体にかけた。石鹸《せっけん》を泡だてて左足に塗り、シェーバーで足首から剃《そ》り始める。アニーは気持ちよさそうにほほえんでいる。

――三十分で、アニーの肌はすっかりきれいになった。剃り落とした毛を湯で洗い流し、バスタオルで全身を拭《ふ》いた。次は顔のメイクアップだ。

アニーを寝室に運んだ。ベッドに横たえ、ブラシで髪を梳《す》く。パーマをかけているのは気に入らないが、しかたない。

枕許のスタンドの光をアニーの上半身にあて、化粧水を含ませたコットンで顔を拭く。次に乳液とクリームを塗り、ファウンデーションを塗り延ばした。

メイクアップのポイントは眼だね、アニー。

アイブロウペンシルで眉《まゆ》を描いた。まぶたに赤のアイシャドーを刷《は》き、まつげに青のマスカラをつける。頬紅をつけ、ローズレッドの口紅をひいてメイクアップを終えた。

アニー、きれいだよ、ほんとにきれいだよ。至福、恍惚《こうこつ》、愉悦に眼がくらむ。

ベッドを離れ、壁の姿見の前に立った。震える肩、怒張したペニス、鏡の奥にアニーの裸体をとらえ、腰を突き出して凌辱《りょうじょく》した。

洗面所へ行き、冷水で顔を洗って寝室に戻った。アニーはとても白い肌なのに、乳暈《にゅううん》が少し黒ずんでいる。乳首にニップレステープを貼り、その上にファウンデーションを塗った。

アニーの足を広げた。陰毛の剃りあとが青白く、そこだけ肌理《きめ》が粗い。厚くファウンデーションを塗って自然な色合いにする。

手の爪にはマニキュアをした。華やいだサーモンピンクがアニーの細くしなやかな指によく映える。

寒そうだね、アニー。服を着せてあげよう。

シルクのパンティーとブラジャー、白のストッキング、シルクのスリップを着せた。ブラウスは白地に紺のペンシルストライプ、ウイングカラーがしゃれている。スーツを着せ、ブラウスの襟にモスグリーンのボウタイを結んだ。スカートのスリットからのぞく内腿《うちもも》がこの上なくセクシーだ。

ハイヒールはスーツに合わせて、ワインレッドにした。履かせて足をまっすぐ揃えると、アニーは非のうちどころのないレディーになった。華麗で清楚《せいそ》、コケティッシュでキュート、一分の隙もない。

就職おめでとう、アニー。

いうなり、アニーにのしかかった。スカートをたくしあげ、ストッキングごとパンティーをむしりとる。膝を抱えて足をいっぱいに押し広げ、重なったとたんに射精した。

6

「ありました。刑事さん、これです」

大阪市消費者センター、相談員の宇佐美《うさみ》健三《けんぞう》はファイルの左隅を示して、いった。

「川瀬深雪さん……五月十六日に、相談に見えてますね」

「どういう内容です、相談の内容は」

矢代が身を乗り出して訊《き》く。宇佐美は怯《おび》えたように上体をひいて、

「五月十四日に着物を買わされたんです。例の東亜システムですよ」

「営業部員の名前は」

「それは聞いてないようです」

「被害額は」

「訪問着が六十万、帯が三十万、肌襦袢《はだじゅばん》と仕立て代が三十万で、合計百二十万です」

「川瀬はクーリング・オフしたんですな」

――クーリング・オフとは消費者が無条件に契約を解除できる制度で、頭を冷やして

冷静になるという意味。消費者の解約がクーリング・オフ期間内であれば、事業者は損害賠償や違約金の請求はできない。

「したはずです。センターでは、内容証明郵便か書留で解約を通知するよう指導してますから」

クーリング・オフは口頭でもできるが、どの業者も売ってしまえばあとは連絡できないようになっている。そのために、書面で通知するのだと宇佐美はいう。

「通知期間は、七日以内でしたな」

「八日です。昭和六十三年に改正されました」

「川瀬の解約通知の宛先《あてさき》は」

「東亜システム、プレヴィアス・クレジット、洛北装苑《らくほくそうえん》となってますね。洛北装苑は京都の呉服問屋です」

「クーリング・オフして、被害者は脅迫されたりしませんか」

「さすがに、そこまではようせんみたいです」

「なるほどね、やっぱり川瀬深雪も東亜システムにひっかかってたんや」

谷井は口をはさんだ。「功ちゃん、あたりやで。賞状もんや」

「はあ、どうも……」矢代は小さな笑みをもらす。

川瀬に対するデート商法の可能性を示唆したのは矢代であり、そしてそれを証明した。

優秀だ。

「東亜システムの社員と元社員を洗わなあきませんね」

「東亜だけやない。信販会社から呉服問屋まで、とことん洗わないかん」

――と、そのとき、矢代のポケットベルが鳴った。

すんません、電話貸してもらえますか。矢代は宇佐美に断って席を外し、谷井はたばこに火を点《つ》けた。

「刑事さん、川瀬さんはデート商法のトラブルで殺されたんですか」おずおずと宇佐美が訊く。

「何ともいえませんな」

訊き込みの場では、必ずといっていいほどこの種の興味本位の質問にあう。訊くだけ訊いて何も答えないというのではあまりに愛想がないから、市民警察を標榜《ひょうぼう》する探偵のひとりとして、谷井はいつもこんなふうにいう。

「わしらの捜査は将棋の駒集めですねん。駒を動かして敵を攻め落とすんは偉いさんのすることで、集めた駒が飛車やったか歩やったかは、事件が解決したときに初めて分かるんですわ」

「刑事さんも大変ですね……」

理解したのかしないのか、宇佐美はしきりに相づちをうつ。

矢代が戻って来た。眉が吊《つ》り上っている。

「デカ長、見分ですわ」

「そうか……」

たばこを揉《も》み消して、谷井は腰を上げた。また新たな被害者が出たようだ。

谷井と矢代は御堂筋本町から地下鉄に乗った。天王寺で近鉄南大阪線に乗り換えて藤井寺、駅前でタクシーを拾った。

現場はすぐに分かった。羽曳野《はびきの》市羽曳が丘のマンション、明和ハイツ、駐車場に入りきれない警察車輌が道路に駐められ、附近にたくさんのやじ馬がいた。こんな風の強い寒い日に、何の変わった見世物があるわけでもなし、物好きなことだ。

谷井と矢代はタクシーを降り、ロープをまたいでマンション内に入った。エレベーター前に警備の制服警官が立っている。

「現場は何階かいな」

谷井は手帳を呈示した。

「五階の六号室です」

警官はエレベーターのボタンを押した。

「このマンション、賃貸か」

「分譲です」

「高そうやな」

建物はまだ新しく、内外装は豪華だ。一人住まいの若い看護師には贅沢《ぜいたく》すぎる。

エレベーターの扉が開いた。中は消毒薬のにおいがした。左手に携帯用の灰皿を持ち、たばこを吸っている。

五〇六号室の前には、鑑識課主任の森下《もりした》がいた。

「よお」

と、谷井は手を上げ、〈小島知恵《こじまともえ》〉と書かれた表札を指さして、「被害者の年齢、二十五やと聞いたけど、いったいどないしたら、こんな分譲マンションに住めるんや」

と、訊いた。森下とはかれこれ二十年のつきあいで、お互い遠慮のない口をきく。

「実家が不動産屋なんや。ころがすつもりで買《こ》うた部屋に娘を入居させたらしい」

「娘の勤め先は」

「阿倍野《あべの》のクリタ鉄工。社内診療所の准看護師や」

社内診療所なら、普通のＯＬとほとんど同じ勤務形態だろう。

「第一発見者は」

「おふくろさんや、被害者の」

――きのう十一月二十一日、小島知恵は診療所を欠勤した。今日の朝も顔を見せず、同僚が明和ハイツに電話しても通じないため、実家の方へ事情を問い合わせた。母親は住吉区帝塚山《てづかやま》から車で明和ハイツに駆けつけ、娘の死体を発見した――。

「おふくろさん、半狂乱やったそうや。込みいった話は訊かれへんから、パトカーで自宅へ送った」

「検視は」

「もう始まってるやろ」

いって、森下は上着のポケットからくしゃくしゃの綿手袋をつまみ出した。谷井は受け取って、片方を矢代に渡し、五〇六号室に入った。

死体は寝室のベッドに横たえられていた。ピンクのスーツ、白地に細い縦縞《たてじま》のブラウス、渋い緑色のボウタイ。これまでの被害者と同じく、伸ばした腕を腰に添え、足をまっすぐ伸ばした姿勢で硬直していた。

谷井はローチェストの上のフォトスタンドを手にとった。海辺の松林、タンクトップにキュロットスカートの小島知恵が長い髪を風になびかせてほほえんでいる。小柄、色白、黒眼がちの大きな眼、小作りの鼻と唇――川瀬や池田とまったく同じタイプの面立ちだ。

「やっぱり、人形さんやな」矢代に話しかけた。

「今回はＯＬでしたね」

「いつかいうてたな。高校生から女子大生、次はＯＬかもしれん、と」

「わるい予感はようあたります」

「この次は何に変身や。主婦か」

「――主婦になる前は、結婚でしょうね」

「ほな、打掛かウェディングドレスやな」

「そして、そのあとは妊娠、出産……」

「くそったれ、女の一生を着せ替えで演出する気かい」

吐き捨てて、谷井は長嘆息した。

大迫からの電話は球技大会の最中にかかってきた。由実はバレーボールの審判を代わってもらい、職員室へ走った。

「――ごめんなさい、待たせちゃって。今、どこにいるの」

「阪神《はんしん》高速の堺《さかい》入口。事故で渋滞している」

カーステレオだろう、音楽が聞こえる。

「このあいだは申しわけない。まさか、友達が来てるとは思わなかった」

「びっくりしたでしょう」

「うん。……でも、ちょっと残念だったな」

「何が」

「由実がひとりじゃなくて」

「…………」

「友達は泊まったの」

「十二時前だったかな、帰ったのは」

「それ、間違いない？」

「えぇ、間違いないけど……」

「ところで、今夜は時間ある？」

「球技大会の打ち上げがあるんです」

「打ち上げは何時ごろ終わるの」

「八時半、かな」

「じゃ、それから会えばいいじゃない」

「二次会も予約してあるんです。私が幹事だから抜けられません」

「――どうも、まいったな。……それじゃ、明日《あした》は」

二十三日は勤労感謝の日だ。

「朝の八時半の電車で有田へ帰るんです。あさっての土曜日も、休暇をもらって、向こうにいるつもりです」

「大阪に帰って来るのは」

「日曜日の昼ごろ」

「分かった、日曜日に会おう」

――午後四時、中津のグランドホテルの喫茶室で待ち合わせることになった。

由実は電話を切り、職員室を出た。階段を下りかけて、

「あっ……」

日曜日はバドミントンの校外試合があることを思い出した。今朝、スケジュールをク

ラブのマネージャーから聞いたばかりで、ついうっかりしていた。校外試合にはクラブ顧問が付き添わなければならない。

試合開始が午後一時、遅くとも四時には終わるだろうから、五時には中津へ行ける。

由実は東京ハサウェイに電話をかけた。

——はい、お電話ありがとうございます。

——商品企画部の大迫マネージャーに伝言をお願いしたいんですが。

——おたくさまは。

——足立と申します。

——大迫はただ今、会議中です。終わり次第、こちらから連絡いたします。

電話が切れた。

由実は首をひねる。堺にいるはずの大迫がなぜ会議中なのだ。企画部の女性が嘘をついているのだろうか。それに、彼女はなぜ初めに会社名をいわないのだろう。

由実はもう一度電話した。

——はい、お電話ありがとうございます。

——すみません、今電話した足立ですが、急用なので、大迫マネージャーを呼んでいただけないでしょうか。

——会議中はお取り次ぎできません。終わり次第連絡いたします。

にべもなく相手はいい、電話を切った。

由実は事務室内に入り、電話帳を繰った。東京ハサウェイ大阪支社の代表番号は大迫の名刺のそれと違っている。由実は番号を控え、電話をかけた。

——はい、東京ハサウェイでございます。

声が柔らかい。会社名もいった。

——足立と申しますが、商品企画部の大迫マネージャーをお願いします。

——承知しました。商品企画部におつなぎします。

——もしもし、企画部です。

——大迫さん、大迫靖樹さんはいらっしゃいますか。

——大迫というものは当部におりませんが。

——えっ……。

——他の部署にも、名前は見あたりませんね。

——それじゃ、エミリオ・ジナリーニ設立準備室というのは。

——それは、何のことでしょうか。

——すみません、間違いました。

由実は指でフックを押した。

10・18——セーラー服（星花女学院高校）盗難。池田市鉢塚周辺。

11・1（PM1：00？）——看護師、川瀬深雪（二十一）、死亡（セーラー服とテニスシューズ）。豊中市服部本町、コーポ・パークサイド、二一二号室。豊中市蛍池、府立椹木病院に勤務。

11・11（AM9：15？）――臨床検査技師、池田涼子（二十七）、死亡（手編みのセーターとホワイトジーンズ、スエードのローファー）。天王寺区生玉町、円徳寺マンション、三〇二号室。浪速区日本橋東、恵生会病院に勤務。

11・21（AM1：00―4：00）――准看護師、小島知恵（二十五）、死亡（スーツとハイヒール）。羽曳野市羽曳が丘、明和ハイツ、五〇六号室。阿倍野区阿倍野筋、クリタ鉄工診療所に勤務。

山添はチョークを置き、指先の粉を払う。

「――と、ま、こうなるわけや」

羽曳野署三階予備室、所轄捜査員が解剖所見を持って帰るのを待って捜査会議が始まった。

「豊中、大阪市内、羽曳野と、犯人は大阪府を北から南へ縦断しよった。たった二十日間のうちに、三人もの人間を手にかけて、この上、四人めの被害者を出してしまうようでは一課の威信も帳場の面目もあったもんやないぞ」

このところ、新聞の論評も捜査陣にとって厳しいものになりつつある。猟奇連続殺人に打つ手なし、刑事警察の弱体化、捜査態勢に欠陥か――見出しを眼にするたびに、谷井たちは歯がみする。しかし、何といわれようと、事件を解決しない限り、ひと言の反論もできない。

「死因は例によって扼殺《やくさつ》や。体内から採取した精液はB型。派手な化粧も、乳首にテープを貼ってあるのも、体中の毛を剃《そ》ってるのも、服を着せたあと屍姦してるのも、現場の状況は今までとまったく変わりない」

いいながら、山添は席についた。

「着せられてた衣類と靴はどれも新品や。小島知恵の持ち物ではない」

村木が補足した。「ショーツ、ブラジャー、スリップ、ブラウスはシルクで、パンストも模様編みの高級品。ハイヒールはイタリア製。全部揃えて十万にはなるというこだわりようや」

「スーツは誂《あつら》えですか」前の方で手があがった。

「誂えや」

村木は即答した。「ただし、テーラーメイドやない。裏地がついてへんし、全体に雑な作りやから、素人が縫いよったらしい」

「何と、棒針編みの次は裁縫でっか」児玉がいった。

「けど、これを犯人が縫うたと断定するのは危険や。セーターを編み、スーツを仕立てたとすると、犯人はこれを女から手に入れた可能性もある。下着類や靴の購入も女に任せたとみる方が無理はないかもしれん。……いずれにせよ、遺留品の追跡捜査は徹底して続ける」

「小島知恵はデート商法にひっかかってませんか」浜西が訊《き》いた。

「今はまだ分からん。明日から訊き込みや」

「死亡推定時刻をみると、犯人は夜中に小島の部屋に入ってます。識があるとは考えられませんか」

「そう、そこや。わしが気になるんは」

村木はうなずいた。「小島知恵は二十日の夜、十一時ちょっと過ぎに、明和ハイツに帰って来た。これを、ごみ捨に降りた四階の主婦が見かけて、いっしょにエレベーターに乗ってる」

小島は白い太畝《ふとうね》のコーデュロイパンツ、赤いセーターの上に白のカーディガンをはおり、肩にハンティングワールドのバッグを提げていた。顔が少し赤いので、お酒でも飲んだの、と主婦が訊くと、小島は、ミナミでフランス料理を食べたといい、ワインは口あたりがいいのでつい飲みすごしてしまうといって笑った。解剖所見によると、遺体の血中からは少量のアルコールが検出されている。

「コーデュロイのパンツやカーディガンはリビングのソファにかけてあった。洗面所に外したコンタクトレンズと、ちり箱に化粧を落としたらしいティッシュペーパー、洗濯機の中に汚れものの下着、ダイニングテーブルの上に半分ほど飲み残したトマトジュースの缶があったから、小島はシャワーを浴びて、すぐに寝たらしい。ベッドのシーツに失禁の痕《あと》があったし、眠ってるところを扼殺されたようやな。何ぼ酔うてても、鍵《かぎ》もかけずに寝てしもたとは考えられへんから、犯人が部屋に入った方法《すべ》が重要な検討課題になる」

「部屋のキーは何本です」羽曳野署刑事課長が発言した。

「小島が一本、母親が一本持ってますわ」

村木の口調が丁寧になった。刑事課長の階級は同じ警部で、向こうの方が少し年上のようだから横柄な態度は見せられない。

「母親が明和ハイツに来たとき、現場のドアは開きっ放しになってました。小島の鍵はバッグの中にありましたわ」

「食卓のジュースの缶はひとつだけ？」

「そう、ひとつだけ」

村木は、何をくどくどと初歩的なことを訊く、といった顔で、「小島が誰かと応対した形跡はなし。缶には口紅と小島の指紋が付着してました」

「他に指紋は」

「ようけありましたな。男のものとみられる指紋も採取してます。分別して警察庁に送ったさかい、おっつけ結果が出ますやろ」

指紋に関して何の期待もしていないといったふうに村木は答え、ノートを口許にあててあくびをする——。

由実は、二次会から参加することにし、球技大会が終わるとすぐに学校を出た。心斎橋へ向かう地下鉄の車中、大迫との最初の出会いから今日までのことをじっくり思い起こしてみると、腑《ふ》に落ちない点がいくつもあった。

――東京ハサウェイの加藤という女性から試作品モニターの件で電話があったのは九月の初旬。あの日は日曜で、おばあちゃんに手紙を書いていた。休日に仕事の電話をかけることが、まずおかしい。

翌月曜日、北久宝寺町の東京ハサウェイ大阪支社を訪れたとき、一階ロビーに受付はなかった。由実は社内電話ではなく、公衆電話から商品企画部に電話をし、大迫を呼んでもらった。大迫はエレベーターの中から現れたが、これも仕掛けは想像がつく。由実からの電話を受けた女が支社近くに車を駐めた大迫に連絡し、大迫は裏の通用口からビル内に入って、エレベーターに乗ったのだろう。大迫は案内した「コート・ハサウェイ」という喫茶店を社の喫茶室のようにいったが、あの店はフリの客でも利用できる。

また、新しいデザイナーズブランドの設立準備室が東京本社ではなく、大阪支社にあるというのも不自然だ。大迫はジナリーニブランドの商品構成を、ジャケットやスカートなどのアウターウェアからスタートさせると説明したが、由実がモニターしたのはニットのストールだけ、ストールはアウターウェアとはいえない。大迫マネージャーの所属する東京ハサウェイは電話と女性社員がひとりだけの、実体のない会社なのだろう。

客から電話がかかれば、いつも会議中だといい、セールスマンをポケットベルや自動車電話で呼ぶ。そんな営業形態をとっているに違いない。

大迫はあまりお金を遣わない。デートはいつも喫茶店でお茶を飲むか、短いドライブばかりで、指輪を買った日に連れていってもらった宗右衛門町のスナックも安っぽい二流の店だった。

大迫靖樹、二十八歳——名前は。そして、ほんとうの日常は……。

心斎橋《しんさいばし》、由実は駅を出た。大丸の少し南、北辰堂《ほくしんどう》時計店へ入る。制服だろう、グレーのスーツを着て、金沢典子《かなざわのりこ》は入口近くのショーケースの向こうに立っていた。

「あら、先生……」

「久しぶりね。どうお仕事は」

「退屈。お客さんが少ないもん」

小さく、典子はいう。彼女は今年の四月に高校を卒業した、バドミントン部のＯＧだ。

「たまには学校に遊びにいらっしゃい」

「行きたいけど先生、デートに忙しいねん」

「もう恋人ができたの」

「さぁ、どうかな。向こうは私のことをそんなふうに思てるやろか」

典子はふっと遠くを見るような眼差しをして、「それで先生、何か用事」

まるで客扱いしていない。

「この指輪、鑑定してもらえないかな」

　由実は左の手を差し出した。

「わっ、エメラルドやんか。誰に買《こ》うてもろたん」

「残念ながら、自分で買ったの」

「どうも怪しいな」

　典子はほほえんで、「よっしゃ先生、こっち来て。私は鑑定なんかできへんけど、店長に頼んだげる」

と奥へ行き、中年の眼鏡の男に話をした。

　由実は別室に招かれ、指輪を外した。店長は指輪にスタンドの光をあて、ルーペをのぞき込んで調べていたが、

「――これはどうも、よくないですね」ぽつりとそういった。

「偽物なんですか」

「いや、いちおう天然石ですけど、たぶんインド産で、色は薄いし、透明度も低い。まわりにあしろうてるのはくずダイヤやし、台もホワイトゴールドですわ」

「プラチナじゃないんですか」

「違いますね」

　店長は首を振って、「この指輪、いくらで買いました」

「――百九十万円です」

「そら無茶や、せいぜいその一割というとこでしょ」

「たった十九万円ですか」

体中の力が抜けた。予想していたこととはいえ、あまりにも悪辣《あくらつ》だ。

「こういう品物を売りつける連中がいてるから業界の評判が落ちてしまう。時計や宝石はちゃんとした店で買わないけません」

店長はルーペをとって、眼をしばたたかせた。


捜査会議のあと、谷井と矢代は明和ハイツの住民たちの訊《き》き込みにあたり、十一時を過ぎて一日の捜査を切り上げた。

谷井が九条へ帰り着いたのは日付が変わった午前零時半、千代子は熱燗《あつかん》とねぎ焼を用意して待っていた。

「ついさっきまでお客さんがいたんよ。夕方からどのテレビも事件のことばっかり。ここもその話題で持ちきりやったわ」

「みんな、くそみそにいうてたやろ、警察のこと」

店の客は谷井の職業を知らない。いつも帰りが遅いから、三流不動産会社の営業マンだとでも思っている。

「警察のことなんか、誰もいわへん。次はどんな服を着せるか、賭《か》けまでしてたわ」

千代子はカウンターに並んで谷井に酒を注ぎ、自分は緑茶をすする。以前はスタンドバーをしていたのに、アルコールはビール一杯しか飲めない。

「な、あんた、次の服はウェディングドレスかいな」

「あほいえ。このうえ四人めの娘が殺されるようでは、わしらの商売あがったりや」

「犯人は死体を犯してから、服を着せるんやろ」

「服を着せたあと、下着だけをとって屍姦《しかん》するという説もある」

「両手両足をきれいに揃えるのは」

「人形や、人形。被害者は三人が三人とも、小柄で色の白い、眼鼻だちのはっきりした顔やし、犯人は死体をマネキン人形に見立ててる。精神医学の教授は人形フェティシズムやないかというてた」

「——けど、あんた、このごろのマネキンで気をつけをしたような恰好《かっこう》のは見たことないよ。下着もつけへんし」

「うん……」

「それに、マネキンの頭はツルツルやんか。体の毛を剃《そ》るんやったら、何で頭の毛も剃らへんの」

「頭を剃ったら、かつらをつけなあかんやないか」

——そういいつつ、谷井はどこかしらしっくりしないものを感じた。なるほど、千代子のいうことにも一理ある。犯人はあれだけの厚化粧を死体に施しながら、頭髪にはほとんど手を加えていない。

川瀬はワンレングスのストレートヘアー、池田はショートヘアー、小島は長めのフラッパー、共通するところは何もない。顔や体つきにひどくこだわる犯人が髪形にはまるで関心を示さない。どういうことだ。

「フランス人形というのは、たいてい気をつけをしてるけど、セーラー服やセーターは着てへんな」

「みんな、長いドレスやね。私思うけど、三人の娘さんは着せ替え人形になってたんと違うの。リカちゃんとか、ジュディーとか、バービーとか。あの人形は髪の毛が植え込みになってるし、化粧函《ばこ》に入ってるときは、突っ立ったままでポーズらしいポーズはとってないでしょ」

「着せ替え人形か……」

そういえば、浜西か誰かがそんなことを口にしていた憶えがある。あの時は気にとめなかったが、マネキンやフランス人形より、着せ替え人形の方がこの事件には符合する点が多いかもしれない。

「着せ替え人形に『アニー』というのはあるか」

「さぁ、聞いたことないけど」

「この近所に小さい女の子のいてる家は」

谷井は腰を浮かせる。

「もう一時前なんやで。どこも寝てはるやんか」

千代子はねぎ焼をつまんで谷井の口に持ってくる。「ほんまに、あんたという人は仕事のことしか頭にないんやから」

「くそっ、こっちは気になって寝られへん」

谷井はねぎ焼をほおばり、ぐい呑《の》みの酒を飲みほした。

二次会のあと、由実は同僚教師四人と北新地のスナックに流れた。お酒はまずく、食欲もない。早く家に帰って横になりたいが、大迫がやって来るような予感がして席を立てない。指輪を見るたびに気が滅入る。

——百九十万円もの大金をどぶに捨ててしまった。クーリング・オフの期間はとっくに過ぎて、取り戻す方法はない。わるい夢を見たと諦《あきら》めて、泣き寝入りするしかないのだろうか——。

午前一時、スナックは閉店になった。休日前の深夜とあって、タクシー乗り場はどこも一時間待ち。由実は寒さに身を震わせながら、最後尾に並んだ。

7

夜明け近くまでラフスケッチを描きちらし、ようやくウェディングドレスのデザインが決まった。フリルやスパンコールをつけないフィット・アンド・フレアーのシンプルなドレス。ネックラインを広いVカットにし、ウェストの脇にギャザーを多くとって、共布《ともぎれ》のベルトをあしらった。ベルトは後ろでリボンに結ぶ。スリーブ丈はフルレングス、肩から肘《ひじ》にかけて、パフスリーブにする。アニーの体型に合わせて、スカートの引き裾《すそ》は短めにした。

アニー、白のドレスにはピンクのバラがいいね。

スタイル画にバラの髪飾りとベール、ブーケを描き加えた。

朝、谷井は千代子にいって、近所の家から着せ替え人形を借りて来させた。バービーとジュディー、リカちゃん、人形は三種類あった。

「うちは子供がいてへんのに、人形なんかどうするの、て訊かれたわ」

「どう答えたんや」

「親戚《しんせき》の女の子にプレゼントするから、どれがいちばん可愛いか見てみたいというた」

千代子は畳の上に人形を並べた。バービーとジュディーが身長二十五センチぐらいで、リカちゃんはひとまわり小さい。

「着せ替え用の服は別売りで、スチュワーデスや看護師さんの制服とか、ウェディングドレスもあるみたい」

「かつらは売ってないんか」

「見たことないって」

「顔もスタイルも西洋人やな」

谷井はジュディーを手にとった。赤いニットのワンピース、紺色のストッキングを脱がせると、ブルマーのようなパンツを穿《は》いていた。

「色気ないな」

「人形の下着に色気があってどないするの」

千代子はスカートの裾を引っぱって膝小《ひざこ》僧《ぞう》を隠した。

谷井は人形を裸にした。胸のふくらみに乳首がない。

「——なるほどな。こいつはマネキンよりも着せ替え人形の線かもしれん」

指先でブロンドの髪を梳《す》き分けながら、「ジュディーのメーカーは」

「コスモ玩具」

「よっしゃ。電話帳どこや」

人形を放り出して立ち上った。

谷井はコスモ玩具に電話をした。テープのメッセージを聞いて、今日が祝日だということに気づく。

「なぁ千代子、今日は何の日や」

「勤労感謝の日やんか」

「わしらは年がら年中、勤労やで」

いったん捜査本部が設置されれば、事件解決のめどがたつまで、一課の探偵に非番はない。

「靴下出してくれ。休日出勤や」


JR天王寺駅、八時三十一分発、白浜ホリデー号の切符を買おうとして、由実は気が変わった。有田の箕島《みのしま》駅へは一時間半の行程だから帰るのは午後でもいい。それまでに大迫の正体をつきとめられはしないかと考えた。せめてほんとうの名前でも知ることができれば、日曜日にその事実を突きつけて謝罪の言葉を聞けるかもしれない。指輪を買い戻させることまでは望まないが、それで大迫が居なおるようなら、警察に告発することも辞さない。唇を許してしまったことが残念でならない。

由実は駅ビル三階の喫茶店に入った。コーヒーを注文し、方策を練る。

──大迫の会社（東京ハサウェイ）の電話番号から所在地を知る方法はないだろうか。

──電話局には守秘義務があり、教えてはくれない。

──大迫の自宅（社員寮）はどうだろう。

──仮に社員寮が存在したところで、そこに住んでいるはずがない。

──フィレックス商事に乗り込むのは？

──大迫と江角は同じ穴の狢《むじな》だ。デート商法の事実を認めるはずもなく、女ひとりでは危険すぎる。

コーヒーが来た。ブラックで飲む。

──大迫の車、セルシオはどうか。

──だけど、登録ナンバーを知らない。

──それじゃ、あの時の駐車違反は？　交番へ行って、セルシオのナンバーと所有者を教えてもらうのは？

──自分の車でもないのに訊《たず》ねる理由がない。かえって職務質問の対象になるのがおちだ。

コーヒーはまずい。苦いだけで香りがない。ミルクと、砂糖を一匙《ひとさじ》入れた。

──大迫はいつか、セルシオを東成区のディーラーで買ったといっていた。東成区にトヨタのディーラーは何社もないだろう。

何とかなりそうな気がした。由実はディーラーとのやりとりを想定し、質問の要領を手帳に書いた。気分は私立探偵だ。

喫茶店を出て、公衆電話ボックスに入った。電話帳を繰る。東成区で、セルシオを販売するトヨタのディーラーは一社だけだった——。

「はい、大阪トヨタ販売です」男の声だ。

「このあいだ、セルシオを買ったんですが、定期点検の日付を教えていただけませんか」

嘘はつきたくないが、これも方便だ。

「車載のサービスブックを見ていただければ、お分かりになると思いますが」

「車は主人が乗って行ったんです」

「お客様のお名前は」

「田中と申します。車は主人の会社の誰かの個人名義にしてあるはずなんですが」

「所有者のお名前はお分かりにならないんですね」

「どうもすみません。今日は会社が休みなので、登録ナンバーも分からないんです」

「営業担当は誰でしたでしょうか」

「それも分からないんです。主人が出張で」

「——納車はいつでした」

「十月です。十月の末、あずき色のセルシオです。シーマを下取りに出しました」

「お待ち下さい」

——オルゴールの音。相手の話しぶりに、由実の言葉を疑ったり、いぶかしがったりするようすはなかった。

「――お待たせいたしました。ダークレッドのセルシオは十月二十五日に新車登録されています。ですから初回の一ヵ月点検は十一月末になります」

「どうもお手数をかけました。念のために、車の名義を教えていただけないでしょうか」

「ミヤナガ・アキノブさんになってますね」

「何だ、ミヤナガさんだったんですか。住所は枚方でしょう」

「香里《こうり》ケ《が》丘《おか》ですね」

「すみません、ミヤナガさんの名前はどんな字だったでしょうか」

「アキは文章の章、ノブは宣言の宣です」やった。――由実は小躍りした。ついに大迫の本名をつきとめた。車を買うときは印鑑証明が必要だから、偽名を使うことはできない。

丁寧に礼をいい、由実は電話を切った。ミヤナガ章宣の名を手帳に書き取り、今度は一〇四番のボタンを押す。

――宮永章宣の電話番号は〇七二〇・三三・六三××、住所は枚方市香里ケ丘三丁目だった。

帳場に顔を出すと、山添がデスクに鏡を立て、電気カミソリで髭《ひげ》を剃《そ》っていた。三重県の名張市に住む山添は五日分の着替えを用意して当直室に泊まりこんでいる。

「谷さん、今日は」

「帝塚山へ行って、小島知恵の両親から話を聞きます」

「その前に尼崎へ寄ってくれ。クリニックの訊《き》き込みをした探偵が小島知恵の男を割り出した。福島浩二《ふくしまこうじ》、二十一歳、杭瀬《くいせ》のガソリンスタンドでバイトしてる」

「二十一のフリーターが二十五の看護師とどこで知り合《お》うたんです」

「ミナミのディスコ。……クリニックの同僚看護師がそういうた。小島と福島はここ三ヵ月の仲らしい」

「了解。ええネタがとれそうな気がしますわ」

谷井は福島の住所と電話番号の書かれた紙片を受け取り、ちょうどそこに現れた矢代を連れて帳場をあとにした。


「——そう。知恵と最後に会《お》うたんは先週の土曜日や。みんなで知恵のマンションに集まって酒飲んだ」

「みんな、というのは」

「おれと知恵、徹《とおる》と弘子《ひろこ》」

「どういう関係や」

「徹はおれの高校のときの友達《つれ》。弘子は徹の女」

ガソリンスタンドの事務室、福島浩二は下を向いたまま、ぼそぼそと話す。長髪、あごの傷痕《きずあと》、生白い肌、暴走族あがりの顔だ。

「四人は明和ハイツに泊まったんか」

「泊まってへん。みんな、十二時ごろ帰った」

「あんた、小島と寝たことは」矢代が訊いた。

「三へん、ある。……あいつが誘うたから」

「場所は」

「元町のラブホテルや」

「明和ハイツでは寝たことないんか」

「ない。あいつ、部屋には泊めてくれんかった」

「あんた、血液型は」

「Ａや」

「間違いないな」

「あらへん」

「十一月二十日は、どこで何してた」谷井が訊いた。

「働いてたがな、ここで」

「何時まで働いた」

「夜の十時」

「それから？」

「家に帰った。親父と兄貴と三人で酒飲んで、十二時前に寝た。調べてもええで」

「いわれんでも裏はとる」

谷井は上体を前に傾けて、「その日の夜、小島知恵はミナミでフランス料理を食うてる。誰かとデートするというようなことは聞かんかったか」

解剖の結果、知恵の胃に未消化物はなかったが、腸内から、セロリとアスパラガスの繊維、エビの殻の一部が採取された。フランス料理を食べたというのは、おそらく間違いない。ミナミのレストランは羽曳野署の捜査員が訊き込みにまわっている。

「デートの話なんか聞いてへんな。……おれ、フランス料理なんか食うたことないで」

「小島は、金遣いはどないや。よう遣《つこ》うてたか」

「遣うてたな。あいつの親父、金持ちや」

「あんた、小島の部屋の鍵《かぎ》は持ってへんやろな」

「持ってへん。持ってへんけど……」

「何や、どないした」

「あいつ、つきおうてる男にスペアキーを渡したとかいうてた」

「それ、ほんまかい」

今までの捜査で合鍵の情報は得ていない。

「ほんまや。おれ、嘘はつかへん」

「小島知恵には、あんたの他にも男がおったんやな」

「デザイナーや」

「デザイナー?……その話、確かか」

「確かや。知恵が得意そうに話してた」

「デザイナーにも種類がある。ポスターか、服か、インテリアか」

「知らん、名前も年も、何《なん》も知らん」

「しかし、他の男とつきおうてると聞いたら気になるやろ」

「おれ、あいつに惚《ほ》れてへん。あいつもおれに惚れてへん。ただの馴《な》れ合いや」

「ただの馴れ合い、ね」

谷井は長い息をついた。「ほな、小島の本命はそのデザイナーか」

「そんなん、知ったことやない。あいつが誰と何しようがどうでもええ」

福島は吐き捨てる。ことさら無関心を装っているようでもない。最近の若い連中は分からない。

「小島から、最近、男につきまとわれてるとか、明和ハイツのそばで不審な人物を見たとか、そんな話を聞いたことないか」

——きのうの明和ハイツ附近の訊き込みでは、その種の人物を目撃したという証言は得られなかった。死亡推定時刻における物音にも気づいていない——。

「聞いたことない。あいつ、可愛らしい顔してるくせに気が強い。痴漢なんか怖くないというてた」

「話は変わるけど、小島はデート商法にひっかかったりはしてなかったかな」

「デート商法……何や、それ」

「恋人商法ともいうて——」谷井は手短に説明した。

「——あいつ、男には不自由してへんし、そんなもんには騙《だま》されへんやろ」

「そうか、聞いたことないか……」

——小島知恵は訪問着を二枚持っていた。どれも母親が買い与えたものであり、また、知恵の預金通帳にクレジット、引き落としの摘要もなかった。

「最後にひとつリクエストや」

谷井は福島にほほえみかけた。「指紋を採らしてくれへんか」

「何でおれが指紋を採られないかんねん」福島は気色ばむ。

「小島の部屋の指紋を分別して照合せないかんのや。ここは黙って協力してもらえんか」

「ふん、好きにせんかい」

福島は両手を広げて、前に差し出す。事務室へ入って来た店長が、胡散《うさん》くさそうな眼を谷井たちに向けた。

コインロッカーにバッグを預けて、由実は地下鉄に乗った。天王寺から淀屋橋《よどやばし》、京阪《けいはん》電車に乗り換えて枚方へ。香里園《こうりえん》駅の東改札口を出たのは九時四十分だった。

由実は駅前のカメラ店で使い捨てカメラを買い、香里ヶ丘三丁目への行き方を訊いた。黄色いエプロンの女の子はわざわざ店外へ出て、乗るべきバスを教えてくれた。

香里ヶ丘三丁目は九つめの停留所だった。バス道路沿いの並木、歩道、生垣、色とりどりの屋根、郊外の住宅地の情景はどこも似たようなものだ。由実の住む藤井寺市西大井より高級な感じがするのは、家々の庭に緑が多く、たたずまいに落ち着きがあるせいだろう。

バス道路から北へ入り、電柱の住所標示を見ながら歩いた。休日の午前中とあって、人通りは少ない。

大きな築地塀の屋敷を左に折れたところに、セルシオを見つけた。前に広い車寄せをとった連棟のテラスハウス、あずき色のセルシオは五台並んだ車のいちばん手前だった。

由実はブルゾンのポケットからカメラを出し、築地塀の陰からテラスハウスを撮った。煉瓦《れんが》タイル外装、メゾネットの二階建、雁行《がんこう》式とでもいうのだろう、各住居の玄関部分が一メートルずつ斜めにずれている。

髪をアップにし、ピンでとめた。宮永とのデートでポニーテールにしたことは一度もなく、万が一、彼の眼に触れるようなことがあっても、多少は印象が変わるだろう。今日はボーイッシュな白のブルゾンとジーンズに、スニーカーを履いている。

築地塀伝いに右へ歩き、ぐるりとひとまわりしてテラスハウスの裏手に出た。角のクリーニング店の店前、公衆電話が眼にとまる。手帳を取り出した。

三三・六三××のナンバーを押した。緊張で指が震える。宮永が出ても口をきかないつもりだ。

コール音。十回待ったが、反応はない。

もう一度、ボタンを押した。やはり相手は出ない。宮永は留守なのだ。

少しは気が楽になった。宮永がいないとなれば、より大胆な行動がとれる。

ひとつ深呼吸をし、ポケットの中の右手にカメラを握り込んで歩きだした。テラスハウス側面の高い煉瓦塀に身を寄せて歩く。

塀が途切れた。シュロの植込、車寄せの隅に立った黒いH形鋼の柱にメールボックスが取り付けてある。〈宮永章宣〉、ネームプレートの字を確認した。

由実はすばやく周囲を見まわし、塀の内側に入った。テラスハウスの側壁と塀の間は幅一メートルほどの狭い通路になっており、頭上に長い庇《ひさし》が張り出している。植込の陰になって、由実の姿は外からは見えない。

一階の側壁にはアルミ格子の窓が二つあった。由実は足音をひそめて窓のそばへ行き、そこで静止した。荒い息、冷たい汗が耳の後ろを伝い落ちる。なぜ、こんなことまで——胸にきざした後悔の念を、首を振って打ち消す。ここで引き返すようなら、初めから探偵ごっこなんかしなければいい。

両手を広げて窓の下に張り付き、少しずつ首を伸ばした。ピンクの花柄のカーテン、ぴったり閉まって隙間はなく、何も見えない。格子の間に手を入れて窓を横に引いてみたが、びくともしなかった。カーテンの色がピンク――宮永は女と暮らしているのだろうか。

由実は奥へ進んだ。二つめの窓はブラインドが取り付けられていたが、羽根の間から室内のようすは手にとるように見えた。四人掛けのダイニングセット、ダイニングボード、流し台、どれも小作りで、冷蔵庫もそう大きくはない。ダイニングテーブルの上には、今朝の食べ残しだろう、コーンフレークの皿とパックの牛乳、コーヒーカップ、パン皿、トースター、調味料入れなどが雑然と並んでいる。複数の人間が食事をしたような気配はなく、流しの洗い桶《おけ》の中にも食器が山と積まれている。鍋《なべ》やフライパンはコンロにかけられたままで、女手があるようにはとても思えない。

由実はフラッシュを連動させてダイニングキッチンのようすを何枚も写真に撮る。最新流行の服を着て高級車を乗りまわし、派手な外見を演出する詐欺師の実生活はやはり想像したとおりだった。

――と、突然、黒い塊が眼の前をよぎった。由実は悲鳴をあげ、後ずさりする。

猫だった。痩《や》せた暗褐色のアビシニアンが窓の腰板の上に立って、由実をじっと見つめている。

由実は気をとりなおして、窓ガラスをコツコツ叩《たた》いた。猫は飛びのいてどこかに消えた。

ペットショップは鈴木が主担となって訊《き》き込みにあたっている。シャム猫やアビシニアン、ロシアンブルーなど短毛種の猫の飼い主を対象として調べを進めているのだが、犯人の飼い猫が純血種という保証もなく、ペットの服の大半が手作りということもあって、めぼしい情報は何も得られていない。

「わし、猫も犬も嫌いですねん。猫は陰気やし、糞《ふん》が臭い。犬はワンワン吠《ほ》えるし、散歩に連れて行かんならん。自分の身さえ持て余してる人間にペットを飼う資格はありません」

「ほんまにな。わしらの子供の時分は、犬なんぞ放し飼いがあたりまえやった。そこいら中に糞が落ちてたさかい、下を向いて歩かんと何を踏むやら分からんかった」

「マンション族は小鳥か金魚ぐらいしか飼えませんね」

「けど、生き物は死んだときがかわいそうやで」

谷井と矢代は尼崎で早めの昼食をとり、電車を乗り継いで、住吉区帝塚山に来た。小島知恵の両親から事情を聞く。

「——気が重いですね。被害者の身内の訊き込みは、何べんしても慣れるということがおませんわ」

「しゃあない。誰かがせんとあかん」

「あ、あれですわ。あの建物」

矢代が指さす先、阪堺《はんかい》電車姫松《ひめまつ》駅の向こうに白いビルが見えた。五階建の屋上に、〈コジマ・エステート〉の広告塔、意外に大きな不動産会社だった——。

受付の女子社員の案内で、谷井たちは二階の応接室に通された。女子社員に訊くと、コジマ・エステートの社員数は十二人で、昨年の取引高は三十億円を超えたという。

「これだけの企業の社長令嬢が何で看護師さんをしてたんです。毎日、遊び暮らしてたらよろしいがな」

矢代がいった。谷井もそう思う。

「社長は再婚なんです」

女子社員は声をひそめた。グレーのボディコンスーツ、化粧が派手で、はすっぱな印象を受ける。

「そやし、知恵さんは奥さんの連れ子で、社長とはほんまの親子やありません」

「ほな、社長と奥さんのあいだに、子供は」

「ひとりいてはります。高校二年の女の子が」

「三人はいっしょに住んでるんですな」

「ええ、このビルの五階に」

「複雑みたいですな、家庭の事情」

「私、よう知りません」

「娘が死んだというのに、会社は休まんのですか」

「それは社長に訊いて下さい」

喋《しゃべ》りすぎたと思ったのか、女子社員は灰皿を置いて、そそくさと出て行った。

「知恵の立場が分かるような気がするな。のうのうとお嬢さん暮らしのできる境遇ではなかったということっちゃ」

「親に対する反撥《はんぱつ》もあったんでしょ。金持ちには金持ちなりの悩みがあるんやと思いますわ」

「同じ悩むんなら、金を持ってる方がええがな」

これは谷井の実感だ。千代子には金銭的に随分迷惑をかけている。報いてやれるのは停年のときだけだ。

足音が近づいて、ドアが開いた。現れたのは、でっぷり肥った初老の男で、沈痛そうな表情から、知恵の父親だと知れる。

谷井と矢代は立ち上って頭を下げた。

「小島知恵は部屋の合鍵《あいかぎ》を作ってました」

帳場に戻るなり、谷井は村木のデスクの前に椅子を引き寄せて坐《すわ》った。「福島がいうには、小島は鍵《かぎ》を男に預けてたということです」

「誰や、その男」

村木は眼をみはった。

「それが、残念ながら、デザイナーとしか判明してません」

「どういうこっちゃ」

「知恵が福島に喋ったんです」

谷井は事情を手短に伝え、「わし、そのデザイナーはファッション関係やないかと思うんです」

「それは……」

「知恵の母親に聞きました。知恵にはつきおうてる男がおって、洋服の仕事をしてるらしいということでした」

「つまり、ファッションデザイナーというこっちゃな」

「わし、ファッションデザイナーというのは、丸っきりの出まかせでもないような気がします。たとえ一時期でもそういう教育を受けてたら、編み物も裁縫もできますがな」

「猫の服も縫えるな」

「知恵は母親にも男の名前をいうてません。どうも口止めされてたような感じです」

「こいつはかなり臭うな、え」

「その男、知恵の部屋に指紋を残してるはずです」

「指紋の照合結果は届いた。警察庁保管の十指指紋に対象者はない」

デザイナー、前科前歴はないということだ。

「今まで名乗り出て来んところをみると、このあたりが本命かもしれんぞ」

「男はたぶん、デート商法の手先です」

「何やて」

「知恵は今年の八月と九月、母親にねだって宝石を買《こ》うてます。八月はルビーの指輪、九月はサファイアのイヤリング。母親がいうには、知恵に宝石店を紹介したんが、そのデザイナーやないかということです」

「宝石の値段は」

「ルビーが百七十万、サファイアが百二十万、キャッシュで一括払いしてます」

「ルビーとサファイア、明和ハイツにはなかったな」

「高い宝石やからいうて、知恵が母親に預けてたんです。わし、それを持って帝塚山の宝石屋へ行きました」

「鑑定したんやな」

「思たとおりでしたわ。ルビーがせいぜい三十万、サファイアが四十万。ひどい高値で買わされてます」

「何でデート商法と分かった」

「買うた店が、フィレックス商事という訪問販売の会社なんですわ。消費者センターに問い合わせたら、ブラックリストに載ってました」

「ファッションデザイナーがデート商法の手先なら、三つの事件をつなぐ一本の糸が見えてきます。川瀬深雪のクーリング・オフ、池田涼子の訪問着、小島知恵の宝石……焦点を絞ることはできませんか」矢代がいった。

「ふむ……」

村木は小さくうなずいて、デスク上にノートを広げた。現在までに掴《つか》んだデート商法に関する事実を大きな字で書き込んでいく。

●池田涼子——三月四日、東亜システムによる百七十万円の被害。営業担当、坂井貞雄（二十五）、池田との情交関係あり。坂井は三月末に東亜システムを辞め、東京へ。犯行日のアリバイ、確認。

●川瀬深雪——五月十四日、東亜システムによる被害。クーリング・オフ。営業担当、松村広《まつむらひろし》（二十二）。東亜システム摘発により逮捕、拘留中。川瀬との情交関係あり。犯行日のアリバイ、確認。

●小島知恵——八月二日、九月二十一日、フィレックス商事による被害。営業担当、不明。

「坂井貞雄は三月の末に東京へ行ったから、川瀬深雪を見たことはないはずや。松村広は四月の末に東亜システムへ入社したから、池田涼子のことを知らん。小島知恵に宝石を売ったんは東亜システムと違うから、表面《おもてづら》を見る限り、三者には共通点らしきもんがない」

「けど、デート商法とか詐欺商法というのは、信販会社や関連会社を含めて一種の互助会組織になってるから、どこかに必ず共通する人脈があるはずです。いったん甘い汁を吸うた人間は堅気の世界に戻れませんやろ」

今回逮捕された東亜システムの営業部長は、「銀河商事」という金《きん》とレジャー会員権を販売するペーパー商法会社の元外交員だった。銀河商事は五年前に破産宣告を受け、その被害総額は二百億円を超えている。

「東亜システムのセールスマンは十一月十日に逮捕されてるから、川瀬はともかく、池田と小島を殺すことは絶対にできん。捜査対象は東亜の卒業生と関連会社の人間に絞り込めるし、一匹ずつつぶしていく」

「東亜のＯＢ、何人ほどいてます」

「ざっと数えて三十人。たった一日で辞めよったやつもおるし、あの業界は人の出入りが激しい」

「腐った蠅があちこちに飛んで行って、新しい餌を探すんですね」

矢代がいう。「フィレックス商事、どう叩《たた》きましょ」

「それは君らに任せる」

村木はノートを閉じた。ボールペンの芯《しん》を出したり入れたりしながら、「行くのは明日《あした》にして、今日はフィレックスのネタを集めた方がええやろ。消費者センターにリストアップされてるということは、生活経済課にも資料があるというこっちゃ」

「ほな、これから府警本部へ行きますわ」

谷井は椅子を引いて立ち上った。席に戻ろうとして、ふっと振り返り、「班長、川瀬深雪の初めての男は、松村広やったんですか」

「そうや」

村木はうなずいた。「二回めのデートで関係を持ったと、鈴さんに白状しよった」

午後三時二十分、箕島《みのしま》駅へは父が迎えに来てくれていた。着古した焦茶のジャケットに黒のスラックス、夏に里帰りしたときより少し痩《や》せたような気がする。

「ただいま」由実はほほえんだ。

「お帰り」父も笑う。

「車は」

「丸紀《まるき》屋の駐車場」

駅近くのスーパーだ。

「荷物、持とか」

「いい。重くないから」

由実はバッグを左手に持ち替え、父に並んで歩きだした。

「有田に帰って来ると、ほっとする」

「先生なんかやめて、戻って来るか」

父はいつもそういう。姉は嫁いで名古屋に住み、由実は大阪で働いているから、有田の家は父と母、おばあちゃんの三人だけ。一度、都会暮らしを知った由実はもう有田には戻れない。

「おばあちゃん、元気？」

「元気や。由実においしいみかんを食べさせるいうて、朝から山へ行った」

家の裏山に小さなみかん畑がある。母とおばあちゃんが手を入れて、小遣い程度の収入を得ている。

「どうや、学校は」

「おもしろい。生徒といっしょになって遊んでる」

森部まゆみやバドミントン部員の顔を思い浮かべて、由実はくすりと笑った。

丸紀屋に着いた。駐車場は無料《ただ》だが、律義な父はたばこを一カートンと電池を買い、車のところへ戻った。

「私が運転しようか」

「お客さんに運転してもろたら罰《ばち》があたる」

「ほんとは怖いんでしょ」

由実はバッグをリアシートに置き、助手席に坐《すわ》った。車が動きだす。

「お母さんは家？」

「ああ。干物を作ってる。今日は魚市場でアジとカマスをぎょうさん買うてな、それを開いて干してるんや」

由実の土産にするのだと父はいった。

「お母さんの干物、美味《おい》しいもんね」

「魚が新鮮やからな」

父は笑う。「おまえ、料理はしてるか」

「土曜と日曜だけ。あとは外食」

「それはあかん。栄養が偏るんやぞ」

日頃無口な父がよく喋《しゃべ》る。

車は市役所前を過ぎて、有田川にさしかかった。

8

朝、家を出た谷井は帳場に電話をし、少し遅れると断って、その足で鶴見区今津《いまづ》へ来た。コスモ玩具大阪支社は寝屋川沿いの工場街の外れ、今津橋のたもとにあった。

谷井は受付で来意を告げ、応接室に通された。茶を飲み、たばこを吸いながら待つ。

ほどなくして現れたのは宣伝課の門内《かどうち》美貴子《みきこ》という若い女性だった。

谷井は門内に名刺を差し出し、捜査の一環として話を聞きたいと前置きした。

「着せ替え人形には、マニアというのがいてるらしいですな」

「ジュディーにはファンクラブがあります。季節ごとに会誌を発行してますし、クラブを通じて会員間の交流も盛んです」

「会員は女の子でしょ」

「小学生の女の子が九割を占めますね」

「わしが聞きたいのはそういうまっとうなファンのことやないんです。その、つまり、男のマニア……コレクターとでもいいますかね」

「バービー人形なんかは熱烈なコレクターがいらっしゃるようですね。アメリカのおじさんですけど、自分のコレクションを写真集にして出版したり、本を書いたり……」

「いや、そういうコレクターでもないんですわ」

隔靴《かっか》掻痒《そうよう》、どう説明すれば変態扱いされないだろう。

「——日本のコレクターは、人形を集めても大っぴらにはせえへんのですな」

「そんな風潮がありますね。ジュディーのファンクラブの会員の中にも、女の子の名前で登録している方がいらっしゃるようです」

「一人で何十体という人形を集めてるんですか」

「何十体どころか、千体以上のコレクションをお持ちの人もいらっしゃいます」

「同じ人形を何でそんなに集めるんです」

「人形は同じじゃないんです。例えば、バービーの場合——」

　門内は詳しい解説を始めた。

　バービーは一九五九年、アメリカで作られ、六二年には日本でも発売された。バービーの初期の人形には一から四型まであり、表情が微妙に異なっている。四型以降は顔が変わり、現在でも販売中だが、バービーマニアの人気は初期型にあり、髪形やファッションなど希少な人形は数十万円という高値で売買されることもあるという。

　バービーには、体の各関節が可動になっているもの、お喋りをするもの、眼を閉じるものなど、年代によって多くのバリエーションがある。

「そんなふうにたくさんの種類があるので、蒐集《しゅうしゅう》し始めると、きりがないようですね」

「集めた人形は飾っとくだけですか」

「人形の町を作ったりもします。町には、喫茶店や病院、ハンバーガーショップ、スーパーからテニスコートまであって、舗装道路には車やバイクが走ってるんです。もちろん、病院には看護師さん、テニスコートにはラケットを持った人形がいます」

「そんなことしてたら、一部屋全部が人形の町になりますがな」

「一部屋どころか、ワンフロアすべてがそうなっているお家を、東京で取材したことがあります」

「行きつくとこまで行った感じですな。そういうコレクターは、やっぱり、その、精神的に病んでますか」

「私は何ともいえません。でも、マニアっていうのはどこか狂的なところがあるんじゃないんですか」

着せ替え人形の製作企業に勤めていながら、門内は意外にはっきりものをいう。

「中には、性的に倒錯したマニアもいてるでしょうな」

「……」

「人形の服を縫うたり、パンツを脱がしてみたり、そんなことで異常に興奮するようなコレクターの話、耳にしたことはないですか」

「刑事さん」

「はあ……」

「さっきからのお話はほんとに事件の捜査のためなんですか」

門内は眉《まゆ》を寄せてそういう。変質者を見る眼だった。

　由実はおにぎりを持って、おばあちゃんといっしょにみかん畑へ上った。微風、いわし雲、柔らかな日射し、山から眺めおろす海はどこまでも青くきらめいている。

　みかんはほんのり色づいていた。小ぶりだが、皮が薄く、指を押し返すような弾力がある。少し酸味の勝ったこの時期のみかんが由実はいちばん好きだ。

畑の石垣の上にシートを広げ、おにぎりを食べた。おばあちゃんは由実の子供のころの話をし、泣いてばかりいたといって、さもおかしそうに笑う。

　それがいつの間にやら学校の先生になってしもて、私も年とるはずや。おばあちゃん、変わらへんわ、誰よりも元気。おおきに。おまえにそういわれるのがほんまにうれしい――。

　摘んだみかんを籠《かご》に入れ、山を下りた。裏の水道で手を洗っているところへ、由実を呼ぶ母の声が聞こえた。

「何、おかあさん」

「電話。大阪から」

一瞬、大迫かと思った。でも有田の電話番号までは教えていない。

座敷の電話をとった。

――もしもし、先生？

――誰。

――も、り、べ、ま、ゆ、み。この美しい声を忘れたらあかんやないの。

――何だ、びっくりしたじゃない。

――ごめんね、先生、お休みやのに田舎にまで電話して。

――まゆみ、今は学校でしょう。何かあったの。

――ついさっき、バドミントン部のキャプテンは事務室に来て下さいいう放送があってん。行ってみたら、男の人から電話がかかってて、足立先生の有田の電話番号と住所を教えてくれというやんか。私、どきどきして、どうしていいか分からんかった。

――で、まゆみは教えたの。

――教えてへん。私、知りません、ていうた。

――相手は名前をいった？

――それを訊《き》こうと思った途端に、電話は切れてしもてん。大人の声で、丁寧な喋り方。あれは多分、事務室の人に先生の連絡先を訊こうとして教えてもらわれへんかったから、私を呼び出したんやと思うわ。先生、心あたりある？

――さあ、誰だろ。

――私、教えた方がよかったかな。

——よくない。教師にもプライバシーがあります。

——私、気になったし、先生にいうとこと思て。明日《あした》の日曜、付き添いしてな。

——行く、行く。忘れてない。

——ほな先生、報告終わり。

——まゆみ、ありがとう。

受話器を置いた。由実は畳に坐り込《こ》む。

大迫は、いや宮永は執拗《しつよう》に私を追ってくる。なぜ急に、人が変わったように積極的になったのだろう。その真意はどこにあるのだろう。私を騙《だま》した後ろめたさ？　まさか、感じるわけがない。だったら、何——。

「どうしたん、今の電話」

縁側に母がいた。

「生徒から。明日の校外試合の連絡」

「先生て、けっこう忙しいんやな」

母はエプロンを外しながら、「ぜんざい食べるか」と訊いた。

受け取った名刺には、〈株式会社フィレックス商事　専務取締役　江角正之《まさゆき》〉とあった。長身、メタルフレームの眼鏡、きれいに梳《す》き分けた髭《ひげ》、ゆったりしたダブルのスーツには皺《しわ》ひとつない。

谷井は名刺を卓上に置き、茶をひとすすりして切りだした。

「今日おうかがいしたんは例の連続殺人事件の件でして、三人めの被害者がおたくさんの宝石を買《こ》うてるんです」

「三人めの被害者とおっしゃると」

「小島知恵。羽曳野のマンションで殺されました」

「つい二、三日前の事件じゃないですか」

江角は足を組み、両手を腿《もも》の上に揃える。

「我々は小島知恵におたくさんのことを紹介した人物を探してるんです。教えてもらえませんかな」

谷井はあえて、デート商法のことを口にしない。

生活経済課の資料によると、フィレックス商事に店舗はなく、訪問販売が主だという。その営業形態は、市または区を単位とする対象地域に新聞折込みのちらしをまき、電話をかけてきた客の家にセールスマンを送り込むというもので、ちらしの内容と、セールスマンの持参したアクセサリー類は、値段も質もまるで異なっている。セールスマンは客が根負けするまで半日でも腰を据え、時には脅迫まがいの言葉も口にする。アクセサリー類は十万円までの小口商品が大半であるため、警察や消費者センターへの苦情はそう多くないが、実際のトラブル件数はその数倍にのぼるとみられている。フィレックス商事の設立は四年前の二月、急速に事業を拡大し、現在は三十人前後の社員がいる。

「小島知恵が買《こ》うた宝石はルビーの指輪とサファイアのイヤリングで、金額は二百九十万円。領収証の日付は、今年の八月二日と九月二十一日になっています」

「分かりました。八月二日と九月二十一日ですね」

江角は立ち上り、応接室を出て行った。

「どうや、あいつ」谷井は矢代に訊いた。

「さすが海千山千という感じですね。髭が気に食わん」

「江角正之の経歴は経済課の資料になかったな」

「立ちまわりがうまいんでしょ。引っ張られて泣くのはいつも下っ端ですわ」

――フィレックス商事とデート商法のつながりについて生活経済課に資料を求めると、東亜システムの被害者六百人の中に、フィレックス商事で宝石を買った女性が十数人いた。

谷井は生活経済課に、東亜システムのセールスマンに対する事情聴取を依頼した。報告によると、東亜のセールスマンは着物の販売契約を結んだあと、被害意識の乏しい女性や気の弱い女性を選んで再びデートに誘い、着物に似合う宝石を買うよう勧誘するのだという。そして、宝石が売れた場合、フィレックス商事から一〇パーセント程度のバックマージンがセールスマンに支払われる。

フィレックス商事と東亜システムの間に明確な協力関係はなく、バックマージンもセールスマン個人に対する「紹介料」として支払われるため、フィレックス商事のデート商法を摘発することはできないと、生活経済課は判断している——。

江角が戻って来た。脇にファイルを抱えている。

「分かりましたよ、刑事さん」

「誰です」

「うちの神谷《かみや》昌孝《まさたか》というのが小島知恵さんの営業担当でした」

江角はソファに腰を下ろした。「神谷は南大阪担当じゃないから、誰かに小島さんを紹介してもらったんだろうと思います」

「すんません、その神谷さん、呼んでもらえませんか」

「神谷は退職しました」

「え……」

「十月です。若い営業部員は長続きしません」

江角はファイルの間から一枚の紙片を抜き、谷井の前に差し出した。履歴書のコピーだった。

神谷昌孝、昭和四十四年六月生まれ、大阪市港区三先《みさき》——谷井は要点を眼で追いながら、「写真、おませんな」

「貼付するようにいったんですが、ついそのままになっちゃって」

「神谷さん、ファッションとかデザインの勉強したことありましたか」

谷井は職歴欄を見た。神谷は高校卒業後、今年の三月まで神戸のステーキハウスに勤めている。

「さあ、そんな話は聞いたことないですね」

「いやどうも、あとはこちらで調べます」

谷井は履歴書を折って内ポケットに収めた。

「つかぬことを訊きますけど、江角さんは東亜システムという会社をご存知ですか」

「東亜システム……憶えがありますね」

江角の表情は変わらない。

「着物の販売会社ですわ」

「ああ、例の恋人商法でしょう。新聞に載ってましたね」

「そういうデート商法の会社から、セールスマンが流れて来るようなことはありませんか」

「――ないと思いますね。私の知る限りは」

江角は平然といい、ひとつ間をおいて、「もっとも、そんな履歴は書きもしないだろうし、喋《しゃべ》りもしないでしょうが」

「そらそうですな。いわれるとおりですわ」

谷井は笑いながら応じて、視線を窓の外に移す。東横堀川にかかる高速道路の橋脚から鳩が二羽飛びたった。

港区三先、朝潮橋《あさしおばし》で地下鉄を降り、谷井と矢代はみなと通を東へ歩く。

「神谷、いてますかね」

「どうやろ、わし、捕まらんような気がするな」

フィレックス商事を出て、谷井は神谷の家に電話をかけた。電話は現在使われておらず、神谷は三先を出た可能性がある。

ガソリンスタンドの角を右に曲がってしばらく行くと、三角の小さな児童公園に突きあたった。黄葉した銀杏並木《いちょうなみき》、赤錆《さ》びたブランコ、子供が二人、砂遊びをしている。公園に沿って左へ歩く。附近は、ところどころに狭い路地をはさんで、二間、三間間口の小さな住宅が密集している。

公園を過ぎたところで、前を行く矢代が歩をゆるめた。黙って真ん前にある文化住宅を指し示す。元は明るいクリーム色だったのだろうが、薄汚れてグレーにしか見えない側壁に、かろうじて〈港栄荘《こうえいそう》〉と読める看板が取り付けられている。

谷井は自転車を避けて、狭い通路を奥へ進み、突きあたりの鉄製階段を上った。階段から五軒め、東端の部屋が神谷昌孝の住居のはずだった。壁に表札はなく、電気メーターは動いていない。

「——やっぱり、な」

「管理人なんかいてませんわな」

矢代は隣のドアをノックした。応答なし。その隣もまた留守で、三軒めにやっと返事があった。出て来たのは、七十すぎのおばあさんだった。

「――はい、はい、確かに住んだはりましたで。引っ越したん、十月の末だんな」

「どこへ引っ越したかは」

「そんなん、聞いてまへん。運送屋のトラックにちょいちょいと荷物積んで、わてに挨《あい》拶《さつ》もせんと、どっかへ行きましたがな」

　おばあさんは身ぶり手ぶりを交えながら大きな声でよく喋る。久しぶりに聞く下町正統派の大阪弁だ。

「家主さんはこの近くですか」

「わてが家主だんがな」

「ああ、それはよろしいな」

「そらそうと、おたくら、何だんねん」

「わしら、刑事です」

「へえ……」

　おばあさんは眼を丸くした。「神谷はん、何ぞわるいことしたんだっか」

「いえ、ちょっと話を聞きたいだけです」

「せっかく来てもうて堪忍やけど、どこへ越しはったか分かりまへんな」

「神谷さんのとこへ友達が遊びに来るようなことはなかったですか」矢代が訊《き》いた。

「さあ、どうだっしゃろ。わては見たことおまへんわ」

「神谷さん、車に乗ってましたか」

「自動車を買うお金なんか持ってまっかいな。月々の家賃かて、遅れてばっかりやったのに」

「そうですか。……いや、どうも、すんませんでした」

谷井は頭を下げた。行こか、と矢代に合図して、踵《きびす》を返したところへ、

「ちょっと、刑事はん」

「何です」

振り返った。

「神谷はん、三先商店街の喫茶店でいつもご飯を食べてたみたいだっせ。行ってみはったらどないやろ」

「店の名前は」

「知りまへん。……『桜屋』いう饅頭《まんじゆう》屋の真向かいですわ」

「そら、どうも」

もう一度礼をいって、港栄荘をあとにした。来た道を戻る。

「こんなことやったら、江角にいうて、神谷と親しい同僚を呼んでもろうんでしたね。連絡先を聞いてるかもしれません」

「わしもそれは考えた。……けど、同僚は神谷に、刑事が訪ねて来たことを喋りよるかもしれん。万が一、神谷がフケるようなことがあったらえらいことになる」

「なるほど、そういうおそれもありますね」

「神谷の居どころを知る方法はある。本籍地の熊本県警に調査依頼してもええし、運送業者をあたる手もある」

どれがいちばん効率がいいだろう、谷井は頭をめぐらせながら足早に歩く――。

三先商店街はみなと通と中央大通のまじわる広い交差点の南にあった。低いアーケード、ところどころタイルの剝《は》がれた舗道、「桜屋和菓子店」の向かいは「レッド」という喫茶店だった。アクリルのドアと庇《ひさし》のテントが赤い。

谷井と矢代は店内に入り、窓際に席をとった。他に客はいない。カウンターと、三つのテーブル席、壁に大きく定食メニューが貼ってある。有線で演歌を流しているのが喫茶店では珍しい。

マスターが水とおしぼりを持って来た。三十代半ば、レンズの厚いセルフレームの眼鏡をかけている。

矢代はコーヒー、谷井は紅茶を注文した。

「ちょっと訊きたいんやけど、神谷いう客を知ってますか。先月まで、そこの港栄荘いう文化住宅に住んでました」

「神谷くんやったらよう知ってます。アクセサリーの会社に勤めてた人ですやろ」

「毎日、ここで飯食うてたみたいですな」

「神谷くん、ぼくと同じ熊本ですねん。そやし、話が合いましてね」

「神谷は、今はどこに」

「――あの、おたくさんら、神谷くんとは」

マスターの表情が険しくなった。

「すんません、わしら、こういうもんです」

谷井は手帳を呈示した。「ちょっと訊《たず》ねたいことがあって行方を探しとるんです」

「――神谷くん、博多ですわ」小さく、マスターはいった。

「博多の？」

「西新《にしじん》とかいうてました」

神谷の高校時代の女友達が西新にマンションを借りており、そこにしばらく厄介になるそうだとマスターはいう。神谷は彼女に働き口も紹介してもらったらしい。

「早い話が、同棲《どうせい》ということかいな。その友達の名前と電話番号、聞いてはりますな」

「え、はい……」

マスターは少し躊躇《ちゅうちょ》し、谷井たちのそばを離れた。カウンターの後ろに屈み込んでアドレス帳を取り出す。

「マンションは、双葉コーポ。友達は亀井《かめい》さんで、電話は、〇九二の――」

谷井はメモをした。

紅茶を飲み、訊き込みに来たことを口外しないようマスターに念を押して、「レッド」をあとにした。

午後六時、福岡県警から帳場にファクスが入った。福岡市早良《さわら》区西新に双葉コーポは実在し、四階十一号室に、亀井克美《かつみ》という二十一歳のホステスが居住していることを確認したという。

谷井と矢代はコートを肩にかけ、航空券をポケットに入れて帳場を出た。

段ボール箱一杯の砂を車のトランクに積んで帰宅した。

砂は重い。ドアを開け放し、段ボール箱を抱えて家に入った。そのまま二階へ上り、奥の部屋に砂を運び込む。アニーたちは喪服を身につけて式を待っていた。悲しそうな顔だ。

バスルームでシャワーを浴び、心身を浄めた。白いカッターシャツに黒のネクタイを結び、黒のスーツを着る。

百合《ゆり》とバラを花瓶から抜き、両手に捧《ささ》げ持って階段を上る。

祭壇の上、アニーは棺の中でひっそりと眠っていた。ピンクのスーツ、ペンシルストライプのブラウス、モスグリーンのボウタイが涙を誘う。

アニー、旅立ちだよ。みんなが送ってくれるんだ。

祭壇のまわりには、亡くなったアニーの年齢と同じ二十五人のアニーがたたずんでいる。アニーとの最後の別れ、悲しみはみんなで分かちあう。

アニーの棺に花を入れた。髪を撫《な》でてやる。

棺に蓋《ふた》をし、祭壇から下ろした。

広場の中央に穴を掘り、棺を据えた。アニーたちが泣きながら、ひとりずつ砂をかける。

棺はすっかり砂の下に隠れた。アニーはそこで永遠の存在になる。隣の墓には女子大生のアニー、そのまた隣には高校生のアニーが眠っている。だから、淋《さび》しくはない。

アニー、アニー、アニー、三人に呼びかけた。仲良く暮らすんだよ、天国で——。

二十一時二十五分、ＡＮＡ二一九便は定刻どおり福岡空港に到着した。

谷井と矢代は西鉄バスを利用して天神のバスセンターまで行き、そこから歩いて中央警察署を訪れた。

「——亀井克美は中洲《なかす》の『ルパン』ちゅうクラブで働いちょります。神谷昌孝は『ルパン』の姉妹店の、『ガーデンパレス』ちゅうキャバレーでボーイをしちょるようですきね」

中央署、捜査一係主任、徳本《とくもと》巡査部長がいう。ツルの太い黒縁眼鏡、垂れた眼、金歯が一本、訥々《とつとつ》とした口調に好感を持った。

「『ガーデンパレス』へ行ってみますかね」

「そうしますわ。いっときも早《はよ》う話を聞きたいし」

「谷井さん、博多の地理は」

「まるで分かりません。福岡は初めてです」

「わしが『ガーデンパレス』まで案内しましょう」

気やすくそういって、徳本は立ち上った。

中央署から中洲は眼と鼻の先だった。ゆっくり歩いて十分、那珂川《なかがわ》にかかる春吉橋《はるよしばし》を渡ると、国体道路の両側に二十軒あまりの屋台が並んでいた。ラーメン、貝汁、豚足、天ぷら、焼鳥、どこも満員の盛況だ。

「博多には二百五十軒の屋台があるんですたい。わしは十文字の屋台によう寄るんじゃが、飲んだあと、ちょっと腹ごしらえをして帰るのにちょうどいいですな」

「大阪にも屋台はあるけど、うどんとラーメンだけですわ。貝汁なんかうまそうですな」

「寄ってみますか」

「いや、いや、そらあきません」

谷井は時計を見る。「訊《き》き込みが終わったら食うてみます」

そろそろ十一時になろうとしていた。

キャバレー、「ガーデンパレス」は国体道路の南側、中洲の中心街から少し外れた古いテナントビルの地下にあった。階段横のサインボードに、見慣れない歌手の写真、豪華歌謡ショー開演中、とあるのが、ひと昔前の宗右衛門町界隈《かいわい》を思い起こさせて妙に懐かしい。

「今どき、こういうグランドキャバレーて珍しいですな。大阪は確か、キタとミナミに一、二軒ずつ残ってるだけですわ」

「中洲ではここだけですたい。最近の若いもんはショーを見るより、自分で踊ったりカラオケを歌う方が楽しいんでしょうな」

徳本はたばこを抜き出して、親指の爪に打ちあてながら、「わしも中へ入りましょうか」

「すんません、ここでけっこうです。ほんまにお世話になりました」

「ありがとうございました」矢代も頭を下げる。

「そいじゃ、わしはこれで」

緊急事態が生じた場合は連絡してくれと徳本は自宅の電話番号を言い添え、くるりと背を向けて去って行った。

谷井と矢代は「ガーデンパレス」の階段を下りた。自動扉が開き、赤いカーペットのロビーに足を踏み入れる。蝶《ちょう》ネクタイの案内係が走り寄って来た。

「わるいけど、わしら、客やないんですわ」

谷井は手帳を示し、「ここで神谷昌孝いう男が働いてるはずなんやけど、呼んでもらえませんかね」

「どんな用ですか、神谷に」

「それはいえません」

「お待ち下さい」

案内係は喫煙所横のドアを開け、ロビーから出て行った。

「矢切の渡し、ですね」

矢代がいう。正面に青いネオンのアーチ、フロアにつながる通路の奥から演歌が聞こえてくる。

「けっこう上手ですわ」

「いちおうプロの歌やもんな」

谷井は矢代をうながして、喫煙所のベンチに腰かけた。

たばこを一本灰にした。神谷は顔を見せず、案内係も戻って来ない。

「おかしいな、え」

「遅すぎますね」

矢代は腰を上げた。「ようすを見て来ますわ」

いって、フロアに入り、三分ほどして出て来た。後ろに黒の三つ揃いを着た男を従えている。

「デカ長、神谷のやつ、フケたみたいです」

「何やて」

思わず立ち上った。

「神谷はさっきの案内係です。ロッカー室にも休憩室にも姿が見あたりません」

「くそったれ、いちばんわるいやつに鉢合わせしてしもたんかい」

「神谷はなぜ逃げたんです」

三つ揃いが訊いてきた。

「おたくは」

「副支配人の小林《こばやし》といいます」

「逃げた理由、こっちが訊きたいですな」

谷井は吐き捨てて、『ルパン』いうクラブはどこです。この近くですか」

「近くです。歩いて五分くらい」

「走ったら二分や」

小林の腕をとって「ガーデンパレス」を飛び出した——。

「ルパン」は国体道路の向こうだと小林はいう。走る三人を見て、酔客たちは立ち止まり、中には、急げ急げ、とはやしたてる連中もいた。

「ルパン」は大きな立体駐車場を過ぎた左角の黒いビルの三階にあった。エレベーターを待つのがもどかしく、階段を駆け上る。小林を先に立てて扉を押した。

「いらっしゃいませ。……あ、副支配人」

カウンターの中、和服の女性がいった。

「亀井克美さん、いてはりますか」

谷井は小林を押しのけた。

「克美ちゃん、帰りましたけど……」

「いつです、帰ったん」

「つい、今しがたです」

「誰か迎えに来たんですか」

「そういえば、克美ちゃんに電話がありましたね。そのあと、早退させて下さいといって……」

「しもた、遅かった」

谷井は肩で息をした。

「まさかフケるとは思わなんだな」

「神谷は犯人やないでしょ」

「博多から大阪までいちいち出張はできん」

神谷昌孝は十月末に福岡へ来た。「ガーデンパレス」には十月三十日から勤め始め、川瀬、池田、小島の殺害された日も出勤している。

「神谷のやつ、脛《すね》に傷持つ身や。わざわざ博多くんだりまで大阪弁の刑事が来たもんやから、フィレックス商事の訪問販売の件で引かれると思たんかもしれん」

「動転して逃げよったんですな」

矢代はためいきをついて、「けど、このまま行方が分からんかったら、えらいことです」

「反省文の一枚も書かなあかんやろ」

苦笑する谷井にその気はまったくない。事態を悲観視していないのだ。「神谷と克美は帰って来る。最近の若い女は現実的や。自分は何もしてへんのに、男に引きずられていっしょに逃避行するてなこと、めったにない」

谷井と矢代は早良区西新の双葉コーポ前、酒屋の横の路地にひそんでいる。中洲からタクシーを飛ばしてここまで来た。タクシーを拾ったのは克美が早退して五分後だったから、彼らが谷井たちより早く双葉コーポに立ち戻り、荷物をまとめて部屋を出た可能性はない。

谷井は神谷の逃走を、県警の徳本には連絡していない。朝まで待って事態が変わらないようなら、面子《メンツ》を捨てて県警に協力を仰ぐ。

「寒いな。腹も減った」

「屋台で熱燗《あつかん》やりたかったですね」

「わしも年や。こういう張り込みは体にこたえる」

谷井は足許の小石を蹴《け》った。遠くで犬が吠《ほ》えている。

——そして、一時間。

双葉コーポ前を緑色のタクシーが徐行した。谷井は自販機の陰に身を隠す。

「どうも怪しいな」

「ようすうかがいですかね」

タクシーには二人の客が乗っていた。男女の別までは分からない。

二分後、同じ緑色のタクシーがコーポ前に停まった。降り立ったのは男と女、男は黒のスーツを着ている。

「神谷です」

矢代が身がまえた。

「待て。コーポへ入るまでようすを見るこっちゃ」

谷井は矢代の肩を叩《たた》く。「あいつらの部屋は四階や。踏み込んだら、逃げられはせん」

神谷はあたりを見まわし、克美の背中を押すようにしてマンション内に入った。間合いをはかって、谷井たちも路地を出る。

エントランスホールのエレベーターは四階で停止していた。管理人室の受付窓口は閉まっている。谷井は矢代をホールに残し、階段で四階へ上った。

四一一号室に明かりはなかった。ドアの新聞受けの蓋《ふた》を押し開け、耳をそばだてると、かすかに話し声が聞こえる。

エレベーターの音。矢代が、茶色のカーディガンをはおった小柄な男を連れて廊下を歩いて来た。管理人だろう。

「デカ長、マスターキーあります」

よっしゃ、眼で応えて、谷井はインターホンのボタンを押した。返事はない。

「しゃあない、踏み込むか」

谷井は管理人からマスターキーを借り受け、鍵《かぎ》をあけた。

「ええか、行くぞ」

一気にドアを引いた。

神谷と克美は二人並んで玄関に突っ立っていた。


「すんません、つい後先が分からんようになってしもて……」

神谷はダイニングチェアに浅く腰かけて、うなだれる。「おれ、フィレックスできついセールスしてたから」

「こん人は逃げたんじゃありません。私を迎えに来てくれたんです」

克美は必死で抗弁する。黒眼がちの瞳《ひとみ》、小作りの鼻と唇、けっこうかわいい。

「ま、この際、逃走については不問にしよ」

谷井は神谷に話しかける。「あんた、小島知恵を知ってるな」

「は、はい……」

「小島は八月と九月、フィレックス商事で宝石を買《こ》うてる。あんたの担当に間違いはないな」

「ありません」

「小島は誰の紹介であんたのとこへ来た」

「――大迫です。大迫靖樹いうセールスマンが小島さんをフィレックスに連れて来ました」

「大迫靖樹の年齢と住所は」

「知りません」

「何で知らんのや」

「フィレックスにはセールスマンがたくさん出入りしてました。あの東亜システムとか、ウインクルとか、恋人商法のセールスマンもよう客を案内して来ました。おれ、専務にいわれて小島さんの売買手続きをしただけやから、大迫の顔と、元は東亜システムにおったことしか知らんのです」

「大迫靖樹は東亜システムの社員やったんか」

「そうです。やり手やと聞きました」

「専務というのは、江角正之のことやな」

「はい、そうです」

「大迫を初めて見たんは」

「今年の四月です。おれがフィレックスで働きだしたときです」

「大迫はいつ東亜システムを辞めた」

「六月ごろやと思います」

東亜システムには三十人前後のＯＢがいると村木がいっていた。帳場に帰り次第、大迫靖樹の調査資料を確認しなければならない。

「大迫靖樹いうのは本名か」

「さあ、免許証なんか見たことないし、そういわれたら自信はありません」

「大迫は東亜システムを辞めて、どないした」

矢代が訊《き》いた。「また、他のデート商法会社へ行ったんか」

「フリーです。江角専務の子飼いになったみたいです」

「江角の子飼い……」

「詳しいいきさつは知らんけど、江角専務は東亜システムから大迫を引き抜いたんやと思います。大迫を抱え込んで売り上げを拡大しようとしたんです。実際、大迫の連れて来る客は、百万、二百万の買い物をしてました」

「それ、訪問販売とは違うやないか」

「大迫はフリーのセールスマンやし、表面上はフィレックスの社員やありません」

「何とも怪しげなセールスやな」

谷井がいった。「あんた、大迫が小島に宝石を売りつけるとこは見てへんのか」

「おれ、商談が終わってから手続きをしただけです。いつもそうでした」

「子飼いにしろ何にしろ、大迫にはセールスマンとしての肩書きがいるな。客にはどんな名刺を渡してたんや」

「名刺は見たことありません。大迫とは二、三べんしか口きいたことないけど、肩書きらしいもんは聞いたことあるような気がします」

神谷は眼をつむった。「えーっと、何やったかいな」

「思い出してくれ」

「あ、そうそう」

神谷は顔をもたげて、「デザイナーです。ファッションデザイナーやというてました」

9

窓が白みかけて、ようやくウェディングドレスを縫い終えた。純白のシルクサテン、裏地はつけない。

ボディーにドレスを着せ、ベルトを結んで、スカートの長さと広がり具合をみる。ふわりとなだらかなシルエットを作って、申し分ない。

ベールは、薄手のチュールレースを裁ち、ギャザーを寄せた。二重にしてドレスにかけ、袖口《そでぐち》にはレースの手袋を添えてみた。

美しい。可憐《かれん》で清楚《せいそ》、花嫁姿のアニーはどんなにかきれいだろう。

白のブラジャー、パンティー、ストッキング、ペチコート、ハイヒール、それらをドレスのまわりにひとつずつ並べていく。真珠のイヤリングとネックレスはパンティーの上、ブーケ用のリボン飾りはハイヒールの上に置いた。

アニー、衣装は揃ったよ。アニーは体ひとつでぼくの腕の中に飛び込んで来ればいい。

谷井と矢代は中央署で二時間の仮眠をとり、七時四十五分発のＪＡＬ三〇二便で福岡を発った。搭乗後、寝不足と疲労で谷井はすぐに眠り込み、機内食を食べそこねた。

「江角のやつ、時間かせぎをしよったんです。大迫靖樹は自分の子飼いやのに、神谷の名前を出して、おのれは涼しい顔をしようとしたんですわ」

「江角のことはともかくとして、その大迫靖樹や。いっときも早《はよ》う所在を摑《つか》まないかんぞ」

村木はいらだたしげにそういい、「大迫の資料は集めた。川瀬と池田と小島、被害者三人と顔を合わせた公算が大きい」

「東亜システム、ですな」

「大迫靖樹は去年の二月五日から今年の六月二日まで、東亜システムで働いてた。セールスマンとしての腕は非常に優秀。自分で客を開拓すると同時に、年を食うてるせいもあって、若手のセールスマンといっしょに客に契約を迫るような役まわりもこなしてた。そやし、坂井貞雄や松村広が、池田と川瀬を会社に連れ込んだとき、横に坐《すわ》って、あれこれ口をきいたようや」

「それは、坂井と松村に確認したんですね」

「松村は川瀬を勧誘するとき、大迫が同席してたと、はっきり証言した。坂井は八ヵ月以上前のことやし、池田のことを憶えてへんけど、大迫と組んだことはようあった」

「大迫靖樹の経歴は」

「これがもうひとつ詳かでない。東亜を辞めるとき、大迫は履歴書を引きあげよった」

「用心深いやつですな」

「そやし、大迫靖樹いうのも本名かどうか分からん。東亜の連中の話を総合すると、大迫の年齢は二十八、身長百八十の大男で、なかなかの男前らしい。長崎県の高校を卒業後、大阪へ出て来て、コンピューター学校の事務や教育機器のセールス、水商売と、職業を転々としてる。デザインとか服飾関係の会社に勤めてたような情報はない」

「大迫の巣はどこです」

「北区黒崎《くろさき》町の志紀《しき》プラザというマンションやったけど、東亜を辞めた次の日に引き払うてる。黒崎町へは浜やんが行っとるから、何とか次の巣を突きとめられるかもしれん」

「大迫の面と指紋、欲しいですな」

「血液型もや」

「わし、フィレックスへ行きます」

谷井はコートに袖《そで》を通した。「江角のやつ、ただではすましませんで」

「場合によっては任意同行してくれ。身柄を押さえてから、じっくり絞る」

村木の声を背中に聞いて、谷井は帳場のドアを押した。

フィレックス商事に江角はいなかった。まだ自宅にいるのかもしれないと営業部の女子社員はいい、電話をかけた。

「——留守番電話になってますね」

「ちょっと代わって下さい」

谷井は受話器を受け取った。

——あいにくですが、ただいま留守にしております。ご用の方は——。

女の声だった。

「今日は日曜やし、休暇をとったということはないんですか」

「そういうことは聞いておりません」

「江角さんの住まいは」

「中央区だと思います」

女子社員は抽斗《ひきだし》を開けて、ファイルを取り出した。「十二軒町《じゅうにけんちょう》二五のアーバンコンフォート三〇一ですね」

「分かりました。どうも」

谷井は礼をいい、フィレックス商事をあとにした。階段を下り、ビルを出たところで、

「功ちゃん、おまえ、ここで江角を張ってくれ。わしは十二軒町へ行く」

「江角が来よったら、どないしましょ」

「あいつを叩《たた》くんは、わしが戻って来てからにしよ。江角がどこかへ出かけるようなら、尾行や」

「場所はその都度、帳場に報告しますわ」

「それともうひとつ。……経済課に電話を入れて、フィレックスの登記と人事組織を聞いといてくれ」

「了解」矢代はコートのボタンをとめた。

谷井は空を仰いだ。灰色の雲、今にも降りだしそうな空模様だ。高麗橋《こうらいばし》から道修町《どしようまち》、河岸公園沿いの道を、渋滞した車の脇をすり抜けて歩く。休日だというのに、この混雑ぶりはおかしい。附近は製薬会社と薬品問屋が多いため、駐車場は社用車でいっぱいだ。本町通の交差点内に故障したトラック、それを三人の男が押していた。渋滞の原因を知る。

南久宝寺で川を渡り、住吉町を左に曲がって、顔にポツリときた。十二軒町のアーバンコンフォートを探しあてたときには本格的に降りだしていた。

谷井はメールボックスを見た。八階建の各階に五つの住居、三〇一号室は〈中沢敏《なかざわとし》彦《ひこ》〉で、江角の名はどこにも見あたらない。

こらどういうこっちゃ。谷井は三階へ上って、一号室のチャイムを押した。応答なし。三日分ほどの新聞が新聞受けからはみ出している。

一階へ降り、メールボックス横の管理会社の電話番号をメモして、外へ出た。近くの公衆電話ボックスに走り込む。不動産会社は日曜日も営業しているはずだ。

――はい、興陽《こうよう》土地です。

——十二軒町のアーバンコンフォートに江角正之さんという人を訪ねて来たんですけど、部屋が分からんのですわ。

——少々お待ち下さい。

谷井はたばこを吸いつけた。少し湿気《しけ》っている。

——江角さんという方はいらっしゃいませんね。

——三〇一号室の中沢さんはいつから住んではります。

——失礼ですが、おたくさまは。

——すんません。けっこうです。

フックを下ろした。詳しい話を聞くには興陽土地まで足を運ばねばならない。ボックスの天井を叩く雨音、雨はやみそうにない。


由実は時計を見上げた。午後三時、トーナメント戦は順調に試合を消化して、四時までには終了しそうだ。

由実は体育館を出た。いつの間にやら、雨。渡り廊下でまゆみと啓子《けいこ》が次の試合にそなえてスマッシュ・アンド・レシーブをしている。

「まゆみ、ちょっと」

手招きした。まゆみは練習の手をとめ、走って来た。

「何、先生」

「今日は早退していいかな」

「先生、帰るの」

「四時に約束があるのよ。時間を遅らせてもらおうとしたんだけど、連絡がつかなくて」

「かまへんよ、先生、気にせんでも」

「ごめん、この埋め合わせはします」

「それやったら、お好み焼がいいな」

「部員みんなに？」

「ちょっとかわいそうやな。……学食のラーメンにしてあげる」

「じゃ、ＯＫ」

「ほな、約束」

まゆみと指切りをした。

由実は体育館に戻って相手校の顧問教諭に挨拶《あいさつ》をし、傘を借りて校門を出た。バスで、北大阪急行の始発駅、千里中央へ。最後尾の車輌に乗り込むと、まもなく電車は動きだした。大迫靖樹に会って私は何を話し、どんな決着をつけたいのだろう。——詰問？——謝罪？——それとも、もっと他の何か？　屈辱感とは裏腹に、敵ながらあっぱれという心理も今は兆しつつある。

由実は高校生のとき、テニス部員だった。県大会出場選手を決めるブロック選抜戦で、準々決勝まで勝ち進み、あと一勝すれば代表になれるというその試合で、パートナーがミスを連発するようになった。何でもないボールを外し、スマッシュをネットにかける。信じられない崩れようだった。試合は五―一のリードから逆転され、負けた。どうにも納得のできない敗戦だった。

一週間後、由実はパートナーの突然の変調の真相を知った。県大会の日、パートナーはボーイフレンドと大阪のエキスポランドへ出かけたのだ。

由実はパートナーに詰問した。パートナーはあっさり、テニスよりデートを優先すると答え、友達なら分かって欲しいといった。

そう、あのときも私は唇をかみしめながら、心のどこかで、敵ながらあっぱれ、と感じていた。五―一までリードしながら、逡巡《しゅんじゅん》と後ろめたさを振り切って試合を捨てたパートナーの葛藤《かっとう》が、由実には分かるような気がした。以来、由実はパートナーを替え、その試合のことは誰にも話さなかった。

――とりとめのないことに思いをめぐらせ、考えのまとまらないうちに、電車は中津駅に着いてしまった。約束の時刻を五分過ぎている。

由実は南口の階段を上った。路上に出ると、グランドホテルの玄関アーケードの下に大迫が立っていた。由実の姿をみとめて、

「やあ」と、手を上げる。

「どうしてここに」

「パーキングがいっぱいなんだ。だから、喫茶室へ入れなくて」

大迫は車寄せを指さした。黒のベンツの後ろにセルシオが駐められている。

「食事はまだだろ」

「ええ……」

「じゃ、レストランへ行こう。郊外の国道沿いの店だったら車が駐められる」

「でも、遠いでしょ」

由実は車に乗りたくなかった。二人きりになるのは避けたい。

「箕面や千里はここから十分だ。さ、乗った、乗った」

大迫は車に向かった。由実は仕方なく、あとに従う。

車は豊崎《とよさき》から新御堂筋に入った。降り続ける雨、ホイールハウスを叩く水の音、大迫はヘッドライトを点けた。

「元気がないようだね。疲れてるの」

「いいえ、別に……」

「食事をしたら、ドライブしよう。京都あたりはどうかな」

「私、どこにも行きたくありません」

「何だか機嫌がわるいな」

「あなた、きのう、学校へ電話しなかった」

「電話？……してないけど」

「バドミントン部のキャプテンが呼び出されたのよ。私の有田の家の電話番号を教えてくれって」

「それはおれじゃないね」

大迫の口調が険しくなった。「君は他に心あたりがあるんだろ」

「そんなのありません。私はあなただとばかり思ってました」

「妙にからむじゃないか、今日は」

大迫は由実の頑なな態度に驚いたのか、ちらっと由実を見てすぐに視線を戻し、それきり黙りこくってしまった。由実も口をきかない。次をどう切り出そうかと考える。

セルシオは桃山台《ももやまだい》を過ぎ、中央環状線に入った。

「――どこへ行くの」

「万博公園」

「万博公園に入るのは、もう遅いでしょ」

「じゃ、茨木《いばらき》だ」

「私、茨木で降ります」

もうどうでもよくなった。大迫を難詰したところで、得るものは何もない。

「――どうやら、気づいたようだな」

低く、大迫がいった。「おれは今日、君はグランドホテルに来ないかもしれないと思ってた」

「私も迷いました。今日来たのは、ゲームオーバーを宣言したかったからです」

「木曜日、おれが堺《さかい》から電話したあと、君は折り返し、会社へ電話をかけた。……その連絡を受けたとき、おれはやばいかなと思ったんだ」

「――私、ほんとの東京ハサウェイに電話しました。商品企画部に大迫マネージャーという人物は存在しなかった」

「初めて君に会ったとき、そんな予感がした。君は聡明《そうめい》で思慮深い。どこまで騙《だま》しおせることができるか、とても興味深かった」

「それで、あなたは勝ったというわけね」

「勝ちはしない。こうして正体を知られてしまった」

大迫はカーステレオのスイッチを入れた。スローなギター、ダルなシャウト、ブルースが流れる。

「フレディ・キングの『ギャンブリング・ウーマン・ブルース』。キングは一九七六年、四十二歳でこの世を去った。死因は不明」

「あなたのほんとの名前も不明ね」

「東京ハサウェイのマネージャー、大迫靖樹さ」

「免許証にもそう書いてある？」

「さあ、どうかな」

「いつから、こんな仕事をしてるんですか」

「ものごころがついたときから」

「東京ハサウェイの社員を名乗るなんて、新聞に載ってたデート商法より、ずいぶん悪質ね」

「だからこそ、君のような女性がひっかかったんだ。おれが例えば、東亜システムの社員だといって電話をしたら、君は誘いに乗ったかな」

「乗ってません。絶対に」

「東京ハサウェイの名を出すと、獲物はおもしろいように釣れた。東亜のように、客を軟禁して脅迫するなんて、愚の骨頂だね」

　クックッと、大迫は肩で笑う。「それに、おれは君に、指輪を買ってくれとはひと言もいってない。君は自発的に、買いたいといったんだ」

「そういわざるを得ないように仕向けたわけね」

「そこがプロのテクニックさ」

　大迫は遠慮のない笑い声をあげて、「君が買った指輪にしても、人造石を天然と偽ったわけじゃない。売り手が値を示し、買い手が納得して金を払ったんだから、何の問題もない」

「フィレックス商事の江角さんは、あなたの共犯ね」

「彼が君に何をいったか、おれは知らないし、記録もない。真実は藪の中だね」

　大迫は徹底して居なおるつもりだ。由実は謝罪の言葉を期待した自分の甘さを思い知った。

「私、あなたの名刺を持ってる。名刺には東京ハサウェイの電話番号も書いてあるし、加藤さんという女性社員もいるじゃない」

「電話はもう外したよ。女も馘《くび》にした。ちょうど店仕舞いするしおどきだったんだ」

「そしてまた、第二、第三の東京ハサウェイを物色するのよね。今度は一流銀行の支店長にでもなれば」

「うん、それもいいね」

車は万博公園のエキスポランドにさしかかった。

「私、この車の所有者を調べました」

「そんなこと、できるわけないよ」

「東成区の大阪トヨタ販売。あなたの名前を教えてくれました」

「…………」

「宮永章宣さん、住所は枚方市香里ケ丘三丁目」

「なるほどね……」

大迫の顔がわずかに上気した。ウインカーを点滅させて車を右に寄せ、高速道路に続く車線に入って行く。

「どこへ行くのよ」

「梅田まで送ってくよ。最後の晩餐《ばんさん》は中止だ」

大迫はステアリングに左手をそえた。車は吹田《すいた》インターの進入路を左へカーブする。

「おれはひとつ反省していることがある」

「何……」

「君をもっと早く抱いておくんだった」

料金所、大迫はカードを受け取った。車を急加速させ、京都行きの車線に向かう。

「車線が反対じゃないの」

「梅田はこっちが近道なのさ」

「降ろして」

「降りろよ」

「車を停めて」

「信号があればね」

「大声を出すわよ」

「出せよ」

由実はパワーウインドのスイッチを押した。開かない。と、そこへ大迫の手が伸びて髪をわし摑《づか》みにされた。

「首をへし折ろうか、え」

「やめて……」

由実はもがく。腕が首にかかった。

一瞬、車がスライドした。ローリング、タイヤの軋《きし》み、大迫の腕が離れた。由実は喘《あえ》ぎ、息をつぐ。

大迫は車を立てなおした。

「——おれと心中したいのか」

「…………」

「車が走り続けている限り、君は逃げられない。無駄な抵抗はしないことだな」

「私を……私をどうするつもり」

「考えてる。東京までだとノンストップで六時間。時間は充分にある」

「ばかなことしないで」

「させたのは君さ。君は喋《しゃべ》りすぎた」

そう、私は喋りすぎてしまった——由実は唇をかむ。

「明日《あした》、私が学校に行かないと、騒ぎになるわ」

「君の死体が見つかったわけじゃない。そういう常套句《じょうとうく》には説得力がないね」

「これは誘拐なのよ。分かってるの」

「誘拐、ね。刺激的な言葉だ」

「私、何もいいません。警察にも、誰にも。だから……」

「うるせえな。黙ってろ」

大迫は前の小型トラックにパッシングした。

谷井は博労町《ばくろうまち》の興陽土地を訪れ、アーバンコンフォートの管理担当者、北島清《きたじまきよし》から事情を聴取した。それによると、中沢敏彦は三年前の九月三十日にアーバンコンフォート三〇一号室に入居しており、賃貸契約申込書には、三十一歳、㈱正木運送勤務と書かれており、妻と子供ひとりの住民票——西成《にしなり》区鶴見橋一丁目に居住——が一通添えられていた。

谷井は北島に頼んで、正木運送に電話してもらった。中沢敏彦は六年前に正木運送を退職していた。

「契約のとき、入居者の勤め先を確かめたりはせんのですか」

「うちは、そこまではしません。あんまり深く穿鑿《せんさく》すると、人権問題になりかねませんから」

「中沢さん、家賃の払いは」

「毎月、きちっと振り込んでくれてます。遅れたことはないですね」

「中沢さんに会いはったことは」

「物件の案内と契約時に二へんだけ。背の低い肥った人でした」

「髭《ひげ》は生やしてましたか」

「なかったですね」

明らかに江角ではない。別人物だ。

「中沢さん、家族で入居したんですか」

「そのはずです。部屋をのぞいたわけじゃないから、確かなことは分かりませんけど」

「この契約書、コピーしてもらえませんか」

「それはお断りします」

北島はにべもなくそういって、ファイルを閉じる。「契約書は社外秘なんです」

「そうでっか」

谷井はあっさり引き下がり、腰を上げた。もう一度、十二軒町へ行かなければならない。

濡《ぬ》れたコートを脱ぎ、三〇二号室〈住谷《すみたに》美《み》江《え》子《こ》〉のチャイムを鳴らすと、赤い髪の女が顔をのぞかせた。谷井は手帳を呈示して、

「お休みのとこ、えらいすんません。……お隣の中沢さんのことで、ちょっと」

「はあ……」

住谷は驚いたようすもなく、はればったい眼をしばたたかせる。「どんなことを」

「中沢さんとこ、何人が住んでます」

「誰も住んではりません」

住谷はドアチェーンを外し、外へ出て来た。ラメ入りのセーターにモスグリーンのスパッツ、化粧気のない皮膚の薄そうなその顔はいかにも不健康で、一見して夜の勤

めと分かる。

「女の人が、毎日、朝の九時ごろ部屋に入って、夕方五時ごろ帰らはるんです。そして昼間は、ときどき男の人がやって来ます」

　女は二十代半ば、派手な化粧をした水商売風だと住谷はいう。男は二十代後半で、百八十センチくらいの長身、いつもぱりっとしたスーツを着ている。男が部屋に長居することはない。

「――二人は夫婦でも恋人同士でもなさそうやし、あれはいったいどういう関係やろか、女の人は部屋へ何しに来てるんやろか、と近所で噂してるんです」

「その女はいつから隣に」

「そうやね……」

　住谷はセーターの袖《そで》をたくしあげて、「今年の四月末か五月の初め、連休のころから姿を見かけるようになりました。私らと眼が合《お》うても、挨拶《あいさつ》ひとつしないんです」

「男も同じころから出入りし始めたんですな」

「いえ、男の人はちょっと遅れて、六月の初めごろから出入りするようになりました」

「連休前まではどんな人が住んでました」

「髭を生やした、クラブのマネージャーみたいな人です」

「年は四十前、背は百七十五ぐらい、銀縁の眼鏡をかけたきざったらしい男ですな」

「そう、そのとおりです」住谷は二度三度うなずく。

髭は江角に違いない。江角は三年前の九月、中沢敏彦という人物に依頼して三〇一号室を借りたのだ。

「けど、その髭の人も隣に住んでたようすはありません。ときたま部屋に来て、泊まったりすることはあったみたいですけど」

「つまるところ、誰も三〇一号室には住んでないんですな」

「刑事さん、隣はまさか暴力団の事務所とかいうんやないでしょうね」

「いや、いや、そんなんやありません」

「ほな、何ですの、隣に出入りしてる人らは」

「わしはそれを調べとうて、お話を聞いとるんです」

苦笑したところへ、ドアの向こうから「おかあさん」と呼びかける子供の声。

「えらい長話になってしもてすんません。いつどんな時でもけっこうですし、隣に誰か来たら、ここへ連絡してもらえませんか」

谷井は名刺の裏に帳場の電話番号を書いて、住谷に手渡した。

矢代はフィレックス商事のビルの斜め向かい、蕎麦屋《そばや》の軒下でたばこをくゆらせていた。谷井をみとめて小さく手を上げる。

「デカ長、びしょ濡れですがな」

「ビニール傘でも買おと思たんやけど、どこにも売ってへんのや」

谷井は矢代の横に並んだ。「どうや、江角は出社しよったか」

「ちょうど一時間ほど前に」

「わしらが来たこと、社員から聞いとるやろ」

「戦々兢々《せんせんきょうきょう》としてまっせ」

「フィレックスのこと、経済課に訊《き》いてくれたか」

「訊きました」

矢代はコートのポケットからメモ帳を取り出した。「有限会社フィレックス商事は四年前の二月に設立されてます。資本金は十万円。登記簿上の代表者は社長の鶴田憲市で、出資者はその鶴田と、二宮宗治郎という六十八の老人です」

「現役をリタイヤした老人に飴《あめ》代をやって印鑑証明をあげさせる……見えすいたやり口やな」

「フィレックスの実質的経営者は江角正之です。江角は元宝石ブローカーで、業界では評判のやり手です。経営方針は一から十まで江角が決めて、社員は命令どおりに動くだけ。頭でものを考えるやつや営業成績の上らんやつはさっさと追い出すいう体質ですわ。そやし、社員は江角と大迫のつながりや私生活について、ほとんど何も知らんようです」

「要するに、江角の個人商店というわけやな。金も人事も情報も、やばいことも、みんなおのれひとりが抱え込んで、いざ摘発されたら口をつぐむ。詐欺商法の常道やで」

谷井は吐き捨てて、「十二軒町の江角の自宅は丸っきりのでたらめや。わし、アーバンコンフォートはデート商法の基地になってたような気がする」

「それ、ほんまですかいな……」

「嘘はあきませんで、江角さん。あんたのおかげで、わしら福岡まで飛びましたがな」

「何のことだか分からないですね」

江角はソファにもたれかかり、上を向いてパイプたばこのけむりを吐く。きのう、谷井たちに見せた愛想と如才なさはどこにも感じられない。

「大迫靖樹はあんたの子飼いやそうですな」

「誰からそんなことを聞いたんです」挑むように江角はいう。

「誰から聞こうと、事実は事実ですがな」

谷井はテーブル上のシガレットボックスからたばこを抜き出し、吸いつけた。「江角さんの自宅、十二軒町やそうですな」

「…………」

一瞬、江角の表情が揺らいだ。

「歩いて通てはるんですか」

「車ですよ」

「何に乗ってはるんです」

「メルセデス。この近くにパーキングを借りてます」

「わし、アーバンコンフォートへ行ってみました。三〇一号室には誰も住んでませんでしたがな」

「ふむ、それで……」

「中沢敏彦。……何者です」

「知りませんね」

「そら、おかしいですな。さっき生活経済課に問い合わせたら、リストに名前が載ってましたで。フィレックス商事の元社員、とね」

「そういえば、思い出しましたよ。三年ほど前、中沢っていう営業部員がいました」

平然と江角はいって足を組み、半眼を閉じる。

「アーバンコンフォートには、フィレックス商事の一事業部門であるデート商法部を置いていた。……そうですな」

「………」

「今年の五月初旬、三〇一号室に二十代半ばの女が通うて来るようになりました。そして、ひと月後、二十代後半の背の高い男が部屋に出入りし始めた。……一方、大迫靖樹は六月二日に東亜システムを退職して、その翌日、黒崎《くろさき》町のマンション、志紀プラザを引き払うてる。……どないです、江角さん、時期的にぴったり符合してますがな。三〇一号室に出入りしてる男は大迫靖樹ですわ」

「………」

「女はテレフォンさんと呼ばれる勧誘係、大迫はデート商法の尖兵《せんぺい》、資金と事務所を提供したんは江角さん。……構図が見えてきましたな」

「なかなかどうして、卓抜した想像力だ」

「江角さん、ほんまはどこに住んでます」

「中央区大手前……十一番地だったかな」

府警本部の所在地だ。

「家族は」

「妻の名はサザエ、娘はワカメで、息子はイクラ」

「ええ加減にせんかい」

矢代が怒鳴りつけた。「一課の刑事を何やと思てる」

「地方公務員でしょう」

江角に動じるふうはない。「独善、アナクロ、権力志向、秘密主義、時として市民を脅迫する」

「──ま、無駄話はそのくらいでやめときまひょ」

谷井は江角の眼を見た。「大迫靖樹の居どころ、教えてもらえませんかね」

「大迫は確かに、客を連れて来たことはある。私も何度か話をしたこともある。だけど居どころは知らない」

「さすがに江角さんは口がお堅い。場所を変えて、じっくり話し合いをしませんか」

「つまり、任意同行ってやつですか」

「捜査本部へ、ね」

「お断りしましょう」

江角は組んだ足を解き、上体を起こした。

「私の身柄を押さえたければ、それなりの書状を用意することですね」

「今はそういうややこしい手続きを踏んでる時間がないんですわ」

谷井はたばこを揉《も》み消した。「テレフォンさんの正体も知らんというんでしょうな」

「むろん、知りません」

「なるほどね、徹底して非協力というわけや」

谷井は腰を浮かし、「経済課には、フィレックス商事のデート商法をこと細かに報告しときますわ」

矢代をうながして、立ち上った――。

外へ出た。矢代は憤懣《ふんまん》やるかたないといった顔で、

「こうなったら、アーバンコンフォートの家宅捜索をする他に手はないですね」

「令状が要る。地裁に請求しても、もらうまでに一日かかってしまう」

「ほな、興陽土地にかけあいますか」

「それより、三〇一号室の居住者に承諾を得たらええがな。正式な契約名義人は中沢敏彦や」

中沢には妻子がいる。だから、住民票を移していないはずだ。

「中沢の住所は西成区鶴見橋。三十分で行けるがな」

「江角の方はどないします」

「功ちゃん、わるいけど、江角に張りついてくれ。一人ではしんどいし、班長にいうて応援をまわしてもらえ。わしはこれから西成へ走る」

10

午後六時五分、車は米原《まいばら》ジャンクションから北陸自動車道へ入った。京都で小降りになった雨は大津、八日市と東へ進むにつれて雨脚を強め、今はほとんど吹き降りになっている。

大迫はオート・クルーズ・コントロールを時速九十キロにセットし、走行車線を走り続ける。無機的なワイパーの音、カーステレオのブルース、由実はひと言も口をきかず、大迫も話しかけてこない。

「――東京へは行かないのね」

由実は呟《つぶや》いた。

「気が変わった。東京は遠い」

「どこへ行くの」

「おれの田舎」

「どこ」

「福井県」

「長崎というのは嘘？」

「おれの親父は山人夫さ。飲んだくれの出来損いで、おれが中学のとき、飯場《はんば》の飯炊き女とくっついて、どこかへとんずら。それっきり音沙汰《おとさた》なし。おふくろはおれと妹を抱えて実家に戻り、近くの靴下工場へ働きに出た。おふくろが持って帰ったソックスの山を、毎晩、毎晩、おれと妹で袋詰めするのさ。おれはよく、ソックスをくすねて、学校の連中に売ってやったよ。踝《くるぶし》のところにイニシャル入りのワッペンを縫いつけると、高く売れるんだ。ばれて、おふくろにひっぱたかれたけど、おれはやめなかった。貧乏暮らしが死ぬほどいやだった」

「――苦労したのね」

「そういうおためごかしはやめるんだな。貧乏暮らしの辛さなんて、大学卒の女に分かりゃしない」

大迫はネクタイを弛《ゆる》めて、頭を左右に振った。「おれは中学を卒業して、家を出た。福井市のぼろアパートに移って、そこから高校に通った。家賃も食費もみんな自分で稼いだ」

「私の高校にもそんな生徒がいます。奨学金を受けて、新聞配達をして……」

「その生徒に、君は何をした」

「励ましの言葉をかけたり……」

「言葉じゃ飯は食えないね」

「だって……」

「教師なんてそんなものさ。ふた言めには、生徒のためといいながら、実は何もしちゃくれない」

大迫の声が尖《とが》った。「おれは二年で高校をドロップアウトしたよ。大阪へ出てからは、ハンバーガーショップの店員、英会話教材のセールス、バーテンダーと、次々に仕事を変えた。食うには困らなかったけど、所詮《しょせん》は下積みさ。将来の展望なんてありゃしない。だから、おれは金を儲《もう》けることにした。高い服を着、うまいものを食い、いい女を抱いて、楽しく生きることにしたんだ」

「おいしい生活ってわけね。でも、長続きはしない」

「長続きする生活はまずいものさ」

「ひとつ分からないことがあります。……なぜ、途中から積極的になったの」

「どういうことだ」

「あなたは初め、とてもクールだった。私が電話をしても、仕事が忙しいといって、会おうとしなかった。なのに、指輪を売ってからは掌を返したようによく電話をかけてきたし、火曜日の夜は部屋まで押しかけて来た。……今度は着物でも売ろうとしたの」

「おれはそんなばかじゃない。引きどきは知ってるつもりだ」

「じゃ、なぜ……」

「簡単さ。君の体が欲しかっただけ」あざ笑うように大迫はいう。

「私、指一本触れさせません」

「それほどの高貴な体かよ」

「私を帰して。今すぐ引き返して」

「君が喋《しゃべ》らないと約束してくれたらね」

「何も喋りません。約束します」

「おれはね、約束の裏づけが欲しいんだ」

いうなり、大迫はステアリングを左に切った。急ブレーキ、車は非常駐車帯に入って、停まった。

大迫はグローブボックスを開いて、中から小さな紙包みを取り出した。

「これを飲んでくれ」

「なに……」

「睡眠薬。……眼が覚めたとき、君は自分の部屋にいる」

「ばかばかしい。私、飲みません、絶対に」

「飲めよ」

大迫は腰を浮かし、由実におおいかぶさってきた。

「やめて」

由実は両腕を突き出す。腕ははねのけられ、大迫の重みが胸にかかる。ドアの把手を探る手を掴《つか》まれ、ねじあげられる。

大迫の手が首にかかった。由実は逃げる。シートベルトが肩に食い込む。ウインドーで頭を打つ。

左手を大迫の顔に伸ばした。肘《ひじ》でブロックされ、宙を掻《か》く。

首が絞められる。息ができない。瞼《まぶた》にピンクの光、徐々に広がって血の色になる。

おかあさん——薄れゆく意識の底で、由実は喋りすぎたことを悔いた。

中沢敏彦は西成区に住んでいた。鶴見橋商店街から一筋南へ入った路地の突きあたり、五軒長屋の端の家だった。

中沢は炬燵《こたつ》でうたた寝でもしていたのか、眠そうな眼で谷井に応対した。

「——ええ、そうです。あの部屋を借りてくれと、江角に頼まれたんですわ。フィレックスを辞めたんは、ああいう騙しみたいな営業がわしの性に合わんでね、今はまたトラックに乗ってます。それにしても、まだあのマンションの契約が残ってたとはね」

「部屋の鍵《かぎ》は持ってへんのでしょうな」

「江角に渡しましたがな」

「ほな、わるいけど、これからいっしょに興陽土地へ行ってもらえませんか。三〇一号室を開けてくれというて欲しいんですわ」

「おやすいご用や。すぐ仕度します」

すててこ姿の中沢は傍らのズボンを引き寄せて、穿《は》いた。

谷井は村木に捜査状況を報告し、鑑識の出動を求めた。

午後七時四十分、山添と鈴木、鑑識課員三名がアーバンコンフォートに到着。谷井たちは三〇一号室に入った。

「何と殺風景やな、え」

ダイニングルームに立って、山添がいう。

「思たとおりですわ。ここはデート商法の連絡基地です」

全体面積は五十平米《へいべい》あまり、2DKの各部屋で眼につく家具は、折りたたみのシングルベッド、スチール棚、ダイニングセット、ダイニングボード、冷蔵庫、テレビ、とそれだけ。ダイニングテーブルの上には二台の電話機が置いてある。鑑識課員三名は各部屋に分かれて、指紋採取にとりかかった。

「ここで炊事したようすはないな」

鈴木は流し台をのぞき込み、冷蔵庫の扉を開ける。

「厚化粧の女というのは、ほんまやで」

谷井は調理台の上のマグカップを取り上げた。底にコーヒーの澱《おり》、縁に口紅が濃く付着している。

「女も大迫も、二度とここへは現れんやろ」

山添がいう。電話機のそばにアドレス帳やメモ類は見あたらず、赤鉛筆が一本ころがっている。

「デート商法の証拠になりそうなもんは全部処分しよったな」

「大迫は女にセーターや服を縫わせてたとは考えられませんかね」と、鈴木。

「何ともいえんな。わしは、女が人殺しに加担するとは思えん」

山添はサイドボードの抽斗《ひきだし》の中を調べながら答える。

谷井は洗面所へ行った。洗面台のシンクに使い捨てのT字カミソリ。つまみ上げて刃の部分を見ると、短い髭《ひげ》が十数本はさまっている。おそらく、大迫の髭だ。

「ちょっと来てくれるか」

谷井は六畳間で作業中の鑑識課員を呼び、カミソリを見せた。

「これくらいの髭の量で、血液型は判るかな」

「たぶん、大丈夫ですわ。半日もあったら結果が出ます」

髭や毛髪は薄く叩《たた》き延ばして、抗体を吸着、解離し、その血液型を判定する。

課員がカミソリをポリ袋に入れたとき、隣の六畳間から谷井を呼ぶ鈴木の声が聞こえた。

「——何や」

谷井は六畳間へ入った。鈴木は押入れに上半身を突っ込んでいる。

「これ、見てくれ」

鈴木は段ボール箱を抱えて床に下ろした。箱の中にはニットのストールが三本と、シルクのスカーフが五枚入っていた。

鈴木は太い縦縞《たてじま》のストールを手にとって、

「商標がないな」

「スカーフは」

「――こっちも商標なし」

「こんなもん、何にするんや」

「客にプレゼントするんかもしれんで」

「ストールは手編みか」

「分からん。わしゃ、裁縫も料理も洗濯も、この年になるまでいっぺんもしたことがない」

「何と、幸せな人生やないか」

谷井はストールを受け取った。「こいつが手編みやったら、あのネーム入りセーターも編めるということや」

「大迫と女の居どころ、何が何でも掴まないかんぞ」

鈴木は屈み込んで段ボール箱の横腹を見る。「谷さん、ストールとスカーフは既製品やで」

「何でや」

「ほれ、ここに書いてあるがな」

鈴木は箱を横に倒した。〈洋装小物卸　高松義《たかまつぎ》助《すけ》商店　中央区船場《せんば》センタービル二号館〉とある。

「ストールとスカーフ、ここで買いよったな」

「ということは、領収証の一枚も切ってもろとるかもしれん」

「よっしゃ、電話してみよ」

「今日は日曜やし、この時間や。誰もいてへん」

「店へ電話するんやない。東署や」

谷井はダイニングルームへ戻り、電話をとった。東署の刑事課を呼び出し、「高松義助商店」の経営者名と自宅の住所を訊《たず》ねる。五分待って、回答をもらった。

「——係長、わし、これから高槻《たかつき》へ行きますわ」

経営者は高松仁司《ひとし》、自宅は高槻市奥天神町《おくてんじんちょう》だった。

「雨が降ってる。車を使え」

山添はキーを放って寄越した。

谷井はストールとスカーフを一枚ずつ持ち、三〇一号室を飛び出した。

牛乳のパックをコンソールボックスに置いて、矢代は前方を指さした。

「出て来よった。あれが江角や」

「二人やな」

浜西が呟《つぶや》く。

江角はビルの玄関ポーチに立って周囲のようすに眼を配り、傘をさしてゆっくり歩き始めた。

矢代はエンジンをかけた。スモールライトだけを点け、離れて江角を追う。雨がエンジン音を消し、視界をさえぎるから、尾行には好都合だ。

江角は平野町を右に折れた。矢代はヘッドライトを点けてアクセルを踏み込み、交差点まで一気に走る。黄信号を突っ切って右折した。

江角は歩道を歩いていた。前方にフェンス囲いの駐車場が見える。矢代は車を左に寄せ、停めた。

「あそこにベンツを駐めとるみたいやな」

江角は立ち止まり、振り返った。後ろに誰もいないのを見て、駐車場に入る。少し間をおいて、矢代は駐車場前に車を移動させた。

江角はベンツのドアを開けた。白のＳＥＬ、贅沢《ぜいたく》な車に乗っている。

「あれ、何ぼくらいや」

「排気量によって値段が違う。いちばん高いのは千三百万」

「くそっ、ふざけとる」

ベンツが出て来た。右折して堺筋《さかいすじ》へ。矢代はヘッドライトを点け、追走する。

「どうや、大迫に会いに行きよると思うか」

「希望的観測やな。物事はそうそう思いどおりに運ばん」

「あいつの巣は突きとめられるやろ」

「まかれへんかったらな」

江角は堺筋を北上し、土佐堀川を渡った。車が多く信号待ちが長いから、矢代は間隔をあけず、ベンツのすぐ後ろにつく。江角を見失うぐらいなら、尾行に気づかれる方がましだ。

ベンツは南森町を左に折れ、梅田新道を西へ向かう。雨のせいだろう、三車線の道路は車がいっぱいに広がってかなり渋滞している。

「浜やん、志紀プラザの訊《き》き込みはどないやってん」

「もうひとつやな。あそこは1DKのマンションで、住人は独身ばっかりや。次々に人が替わるさかい、大迫のネタはほとんどとれんかった」

「大迫、住民登録は」

「案の定、してなかった。長崎県出身やというさかい、県警に照会したけど、大迫靖樹なる人物はいてへん。偽名、もしくは出身地をごまかしてるということっちゃ」

「大迫は六月三日に志紀プラザを出たんやろ。引っ越し業者をあたってみたか」

「それは明日《あした》からの仕事や。運送業者は大阪市内だけで何百軒とあるがな」

「大迫、車は持ってへんかったんか」

「そんなネタはなかったな」

いって、浜西はサンドウィッチをほおばる。

ベンツは梅新東から新御堂筋に入り、一挙にスピードをあげた。時速八十キロ、新御堂筋に信号はない。

「ええ年して、けっこう飛ばしよるな」

「江角、いくつや」

「確かな年齢は分からん。経済課に資料がないんや」

「ということは、前科《マエ》もないというこっちゃ」

「元宝石ブローカー。鞄《かばん》ひとつ抱えて、指輪やネックレスを売り歩いてたらしい」

——西中島《にしなかじま》。ベンツは指示器を点滅させ、車線を右に移動した。側道に入って新大阪駅へ向かう。矢代は車間距離をあけた。

江角はベンツを駅の二階、南玄関前に停めた。車から降り、コンコースへ入って行く。

「誰かをお出迎えか」

「相手が大迫やったら、願ったりかなったりやで」

「ひと騒動持ちあがるかもしれん。尾行は二人や」

浜西は車を降りた。矢代も降りる。

江角は券売機に硬貨を入れていた。入場券のボタンを押し、切符を持って改札口へ歩く。

矢代は、江角が改札を抜けるのを待って、あとに続いた。

江角はエスカレーターに乗った。上りの新幹線ホームへ上って行く。矢代と浜西は手帳を示して改札を通った。

エスカレーターは長い。江角が上りきるのを確認して、二人はエスカレーターに乗った。

「お客は九州山陽方面からいらっしゃるようやな」

「ふむ……」

ホームに着いた。二十六番線にひかり三〇号、江角の姿が見あたらない。

「どこへ行きよった、え」

「列車の中かな……」

二人の足どりは変わらない。目立つ動きをして江角に気取られたら元も子もない。

「まさか、駅弁を買《こ》うてるてなことないやろ」

少なからずあせる。浜西が汗を拭《ぬぐ》った。

ホームの人影が消え、列車が動き出した。

「あかん、やられた」

矢代は唸《うな》った。江角はエスカレーターでホームへ上るなり、階段を駆け下りたのだ。

「くそったれ」

二人は南玄関へ走った。

ベンツ五六〇SELは影も形もなかった。

国道一七一号線、八丁畷《はつちようなわて》の交差点を左に折れ、北上する。しのつく雨、濡《ぬ》れた路面がヘッドライトの光を吸収して、ひどく視界がわるい。

運転は久しぶりだ。千代子といっしょになったとき、車は手放した。

東海道線のガードをくぐった。道は上り勾配《こうばい》になり、くねくねと曲がっている。チェンジレバーをサードに入れた。

坂がゆるやかになり、住宅街に入った。ブロック塀に白のモルタル壁、どれも同じような造りのこぢんまりとした住宅が建ち並んでいる。

「奥天神」というバス停が眼にとまった。周辺をしばらく徐行し、下水処理場の左に地区の案内標示板が立っているのを見つけた。

谷井は車を降り、案内板に懐中電灯の光をあてた。高松家はため池の西、八軒が一ブロックになった南端にあった。経路を頭に刻み込んで、また車に乗る。

高松仁司の住まいは敷地が約百坪、まわりにモクセイの生垣をめぐらせた瀟洒《しようしや》な邸だった。九時二十二分、時計を見やってからインターホンのボタンを押す。すぐに返事があって、谷井は身分と訪問の目的を告げた。

「――どうぞ、こちらへ」

「夜分おそれいります」

谷井は応接室に通された。金糸を織り込んだ布地のクロス、シャンデリア、モケット張りのソファ、高松は晩酌をしていたらしく、顔がほんのり赤い。

谷井はストールとスカーフをテーブルに置いた。

「これ、高松さんとこの商品ですな」

「——ええ、確かに」

高松の不安げな表情。

「何で商標がついていないんですか」

「これはニットメーカーやプリントメーカーの試作品なんですわ。ロットにはのらんかったけど、ものはわるうないよって、うちにまわしてもろてます」

「実は、この商品を買うた客を探してるんです。十二軒町のアーバンコンフォートいうマンションですけど、段ボール箱に詰めて発送しはったんやないですか」

「さあね、わしは憶えてないですけど……」

高松は首を傾げて、「いつごろ買いはったんですか」

「今年の六月以降やと思います」

「このストールは数が少ないよって、番頭さんが憶えてるかもしれませんわ」

高松は立って、サイドボードの上のコードレス電話をとった。

「——あ、高松です。いてはりまっか。——お休みのとこ、すんまへん。今、うちに警察の人が来てはってね——」

高松はしばらく話して、こちらに向きなおり、

「番頭さん、憶えてるそうですわ。代わりましょか」

「お願いします」

谷井は受話器を受け取った。

――店に来はったんは六月の中ごろやと思いますわ。赤い髪の、スナックを手伝うてる女の人で、ストールとスカーフ、十枚ずつ買うてもらいました。

――何でスナック勤めと分かりました。

――本人がそういわはったからです。店のお客さんにお土産を配るとかいうて。領収証を多めに書いてくれと頼まれたんでよう憶えてます。

――領収書の宛名《あてな》は。

――ただ、上様やったと思います。

――他に、その女のことで何か。

――年は二十五、六。小股《こまた》の切れあがったというか、男好きのするええ女でした。ミナミへ出たときはお店へ寄って下さいというてましたな。

――店の名前は。

――憶えてません。何か、英語でしたわ。

――何とか思い出して下さい。

――英語で、鳥の名前やと聞きましたわ。場所は笠屋《かさや》町《まち》の大宝ビル。わし、こないだ、

飲んだついでに笠屋町へ寄ってみたんやけど、そんなビルはなかったですわ。そやし、わしの聞き違いかもしれません。

谷井はミナミへ走った。笠屋町に着いたのは十時四十分、平日なら酔客で賑《にぎわ》っている時間帯だが、日曜で雨が降っているせいもあって、人影はまったくない。営業している店もないようだ。

谷井はサパークラブの玄関前に車を駐め、大宝ビルを探し歩いた。東宝や日宝、大豊といったテナントビルがまぎらわしい。八幡筋《はちまんすじ》から三ツ寺筋《みつでらすじ》、宗右衛門町近くまで来て、やっと大宝ビルを探しあてた。七階建、テナントは合計三十軒、袖《そで》看板に照明は入っていない。

「英語、鳥の名前……イーグル、ホーク、スワロ――」

呟《つぶや》きながら、それらしい店名を眼で追う。ない。

カモメとかスズメは、英語でどないいうんや――。

谷井はカタカナの店名をすべてメモ帳に書き写した。三十軒中、十九軒がカタカナだった。

新大阪駅周辺を一時間近く捜索し、矢代と浜西は重い足どりで帳場に帰着した。江角にまかれたことを、村木に報告する。村木は眉間《みけん》にたて皺《じわ》を寄せたが、叱声をあげはしなかった。夜、雨の中、たった一台の車で尾行することの難しさは村木も承知している。

「――要するに、江角の方が役者が一枚上やったということや」

村木はひとつ皮肉をいって、「ベンツのナンバーは他府県にも手配する。江角を見つけ次第、身柄を押さえる」

「戒名は」

「訪問販売法違反とでもしとこか」

いって、村木はデスクの抽斗《ひきだし》を開ける。「矢代、おまえはこれから電車でミナミへ行け。谷さんが笠屋町にいてるはずや」

「笠屋町のどこです」

「大宝ビルや」

「大宝ビルは」

「分からん。自分で探せ」

村木は抽斗から英和辞典を取り出した。「谷さんに会《お》うたら、これを渡せ。ええな」

「は、はい……」

事情の分からぬまま、矢代は辞典を受け取った。


乳白色の靄《もや》の中にぽつぽつと青い光が生じ、徐々に凝集して虹《にじ》になった。虹はたゆたいながら視野いっぱいに広がって体を包み込む。浮遊、放散、そして沈潜、由実は覚醒《かくせい》した。

降りしきる雨の音、ホー、ホーと遠くで鳥の鳴く声がする。

由実は眼を開けた。暗闇、何も見えない。指先を動かすと、畳の感触があった。どこか屋内にいるらしい。腰から下に毛布をかけられている。

寝返りをうち、肘《ひじ》を支えにして上体を起こした。吐き気、頭がずきずきする。

「気がついたようだな」

すぐ後ろから話しかける声。まだ少し朦朧《もうろう》としているのだろう、大迫と気づくまでに間があった。

「――どこ、ここは」

「どこだっていい。雨露はしのげる」

「――何時」

「夜中さ」

「私をどうするつもり」

「壊れたテープみたいに同じことを訊《き》くんじゃないよ。君をどうこうするつもりはない」

「首を絞めて、誘拐して、よくそんなことがいえるわね」

「何なら、もう一度絞めようか」

低く大迫はいう。顔が見えないだけに凄《すご》みがある。刺激的な言葉をかけるのはよくない。

「明かりを点けて下さい」

「そんな上等なものはない」

大迫は何かを放って寄越した。手探りで取り上げたのは、ペンライトだった。

由実はライトを点けた。広い和室、畳は波打ち、ささくれだっている。ところどころ土の剝《は》がれ落ちた壁、木舞《こまい》が露出している。襖《ふすま》は破れて穴が開き、障子はほとんど桟がない。大迫は床柱にもたれ、呆《ほう》けたようにこちらを見つめている。

「廃屋ね」

「過疎さ。じいさん、ばあさん連中が死んだら、あとは荒れるに任せてる」

ここは福井県の山中、大迫の田舎だろう――由実は見当をつけた。

「これ、見ろよ」

大迫は何か黒い塊を手にとり、顔前にかざした。カメラだった。

「カメラがどうかしたの」

「鈍いな。分からないのか」

「え……」

由実は胸を触った。セーターとカーディガンは着ている。が、ブラジャーのホックが外れている。

毛布の下に手を入れた。スカートは穿《は》いている。ストッキングがない。ショーツはつけていた。

「生徒は喜ぶだろうな。本物の女教師のヌード写真集。白い肌、尖《とが》った乳首、高い恥丘、薄めのヘア、ピンクの……」

「やめて」

由実は叫んだ。「卑劣、けだもの」

「けだもの呼ばわりはやめろよ」

大迫は嘲《あざけ》るような笑い声をあげた。「おれはレイプなんかしちゃいない。君とのプラトニックな交際を祝して、記念写真を撮ったまでさ」

「返して。フィルムを返して」

「フィルムは君に買ってもらう」

「………」

「ただし、金は要らない。君はおれの要求をのめばいい」

大迫は立ち上った。ペンライトをもう一本出して点け、縁側の方へゆっくり歩く。

「まずひとつは、何も喋《しゃべ》らないこと。おれの正体はもちろん、フィレックス商事から東京ハサウェイのことまで、いっさい口を閉ざしてもらいたい」

「………」

「ふたつめは、おれが君のマンションを訪ねた十一月二十日の夜、泊まったことにしてもらいたい」

「――どうして」

「理由はいえない」

「あの日は、友達が……」

「友達は十二時に帰った。そういっただろ」

「でも……」

「友達が帰ったすぐあとに、君はおれをこっそり、部屋に招き入れたんだ。……いいな、分かったな」

「私は、そんなふしだらなことはしません」

「ふしだらじゃない女が、こんな大股《また》びらきの写真を男に撮らせるのかよ」

大迫はカメラを持ち上げて見せた。

「強い立場ってわけね」

「何百枚という君の写真が学校中に出まわるってことを、いつも頭においておくんだな。君はおれのいうとおりにするほかない」

「フィルムは返してくれるんでしょうね」

「もう利用価値がないと、おれが判断したときに」

「それは、いつ」

「ほとぼりの冷めたころさ。おれはデート商法から足を洗うよ」

「それだけの才覚があるんだから、まじめに働くことね」

「なるほどね、君はやっぱり先生だ。せりふがいちいち説教じみてる」

「分かった。要求どおりにします」

由実は膝《ひざ》を揃え、大迫の方に向きなおった。

「私を連れて帰って下さい。授業があります」

「もうすぐ雨がやむ。やんだらここを出よう」

大迫は雨戸の隙間から外を見て、いった。


豊中南署。谷井と矢代は午前二時までかかって十九の店名の意味を確かめ、「アルバトロス」（あほうどり）と「スカイラーク」（ひばり）の二軒のスナックが鳥の名に該当することを知った。

谷井は風紀係のリストで、「アルバトロス」及び「スカイラーク」の経営者と、その住所を調べた。朝一番、訊き込みに行く。

千代子に電話して、今夜は泊まりだと告げ、当直室の二段ベッドにもぐり込んだ。

11

由実はまんじりともせず、雨の降りやむときを待つ。時間を知りたいが、時計は大迫に取り上げられている。ショルダーバッグは車の中だろう。

大迫は床柱にもたれたまま黙りこくっている。眠っているのか起きているのか、分からない。廃屋内は墨を流したように暗く、一筋の月明かりも射さない。

由実はさっきからひとつの疑問にとらわれている。

なぜ大迫は私の部屋に泊まったことにしたいのだろう。それはつまり、アリバイ工作だ。一方で自分のことを喋るなといい、もう一方でアリバイを証明せよという。大迫の要求は明らかに矛盾している。どういうことだ。

デート商法、口止め、アリバイ工作、警察、告発、証言——事象と言葉が脳裡《のうり》をめぐる。警察、証言、アリバイ……。

「あっ……」何かが頭の中ではじけた。

大迫が由実のマンションに現れた翌々日、羽曳野で猟奇殺人事件の第三の被害者が発見されている。名前は確か、小島知恵、クリニックの准看護師だった。

小島知恵が殺されたのは、その前日、二十一日の未明だったと思う。すると、大迫の要求している二十一日の零時過ぎから朝までのアリバイに、犯行の時間帯がぴたり一致するではないか。

事件のあった羽曳が丘と由実の住む藤井寺市西大井はそんなに遠くない。深夜、車で飛ばせば十五分から二十分の距離だ。

大迫が由実の部屋を訪れ、帰ったのは二十日の午後十一時二十分ごろだった。ということは、大迫はあれから羽曳が丘へ走り、小島を殺したのではないだろうか。

死体発見がニュースに流れたのは木曜日の午前中だった。そしてその日の午後、球技大会の最中に大迫から電話がかかった。あのとき、大迫は友達が由実の部屋に泊まったかどうかを訊《き》いた。それはつまり、アリバイ工作の可否を知りたかったからではないか。大迫はあせって、私に会いたいといい、都合がわるいというと、有田にまで電話をかけようとした。

事件の第一の被害者は看護師だった。二人めは臨床検査技師、そして三人めは准看護師……デート商法の標的にされやすい職業ではないか。

そう、大迫は殺人鬼なのかもしれない——。

由実は戦慄《せんりつ》した。今の今まで、けちな詐欺師だと考えていた。今、私は殺人鬼といっしょなんだ。

体が震えだした。歯の根が合わない。頭が熱く、背筋は凍りついたように冷たい。

大迫は私を解放するはずがない。こんな廃屋に連れ込んだのは、私を殺すためだ。

落ち着け、落ち着け、しっかりしなさい、由実は自分に言い聞かせる。何が何でも逃げなければ。

由実は両手を後ろについた。少しずつ後ずさる。耳の奥に心臓の搏動《はくどう》、胃が喉元《のどもと》にせりあがる。

「――どこへ行く」

大迫の声。一瞬、ふらっとなる。

「――トイレです」喘《あえ》ぐようにいった。

「我慢できないのか」

「できません」

「つまらないこと考えてんじゃないだろうな」

「こんな雨の中を、車のキーもないのに……」

「行けよ。すぐに戻って来るんだ」

「はい……」

震える膝で立ち上った。由実は靴を履いていない。ペンライトを点け、裸足《はだし》で土間に降りた。

「待てよ」

「えっ……」硬直した。

「靴ぐらい履けよ」

大迫はパンプスを放って寄越した。

外へ出た。雨。前庭から細い道が左に延びている。足音のしないよう十歩ほど歩いて、それから徐々に走り始めた。ほとんど見通しのきかない小道を懸命に駆け下りる。蔦《つた》が顔を打ち、スカートが枝にひっかかる。

道が急勾配《きゅうこうばい》になった。泥に足をとられ、バランスを崩す。摑《つか》んだ枝が湿った音をたてて裂け、尻《しり》もちをついた。

「由実」

上の方で声がした。樹間に蛍のような光。

ペンライトを消して、走った。「由実」、大迫が追って来る。

由実は体を低くし、叢《くさむら》にころげこんだ。落葉の厚く堆積《たいせき》した窪《くぼ》み、そこに身を伏せる。うまく隠れているかどうかは分からないが、動けば音がする。道を走れば、男の足にはかなわない。

上から小枝を踏みしだく音。大迫が下りて来た。ときおり、ペンライトの光がちらちらする。

由実は灌木《かんぼく》に抱きつくようにして、石になった。

音がすぐ近くに迫った。由実は固く眼をつむり、息をとめる。おかあさん、助けて、一心に祈った。

音は右下に遠ざかって行った。

由実は顔をもたげ、眼を開けた。樹木と樹木の境はわずかな濃淡の差でおぼろげに分かる。這《は》って少しずつ道から離れ、大きな木の根方に突きあたった。木の後ろにまわり込み、背中をもたせかける。泥まみれ、ひどく寒い。

夜が明けるまでここにいよう、冷えきった四肢をさすりながら、由実はそう決めた。

スナック、「アルバトロス」の経営者は男で、「スカイラーク」は女だった。谷井は「スカイラーク」の方が、アーバンコンフォートの女につながる可能性が高いとみて、都島区中野町へ走った。

「何と、ホテルばっかりや」

大川にかかる銀橋《ぎんばし》を渡ったところで、矢代がためいきをついた。

「朝は、うら淋《さび》しいですね。こういうとこはネオンきらきらでないと気分が乗りませんわ」

桜之宮公園の東側一帯は市内有数のラブホテル街だ。煤《すす》けた外壁、装飾過多の建物が目立つ。

「ラブホテルの外観なんぞ誰が気にする。要は、どんな女と行くか、や」

「最近はシティーホテル風のあっさりした内装が流行《はや》ってるみたいです」

「えらい詳しいな。よう利用してるんか」

「一人で行って何のおもしろいことがあります」

矢代はいって、舌を出した。

「スカイラーク」の経営者、吉田《よしだ》美紀《みき》の住む三和ハイツは都島区役所の裏手、中学校の南隣にあった。二階三号室のドアをノックすると、男が顔を出して、

「朝っぱらから何や、おまえら」

いきなり、けんか腰だ。パンチパーマ、髭《ひげ》、赤のスウェットスーツ、まともな職業とは思えない。

「わしら、こういうもんですねん」

矢代が手帳を見せた。

「刑事《デカ》が何の用や、え」

「おたくは」

「誰でもええやろ」

男はせいいっぱいすごんでみせる。まっとうなヤクザにこういったはねっかえりは少ない。

「あんたに用はない。吉田美紀さんを呼んでもらえまっか」谷井がいった。

「美紀は寝てる」

「わしら、これでも時間給高いよって、いちいち出なおすわけにはいかんのですわ。わ

るいけど起こして下さいな」

谷井は下手《したて》に出た。ここで揉《も》めるのは時間の無駄だ。

「人の迷惑も考えんかい」

男は舌打ちをし、「まあ、ええ。入ってくれ」

谷井と矢代を玄関横の四畳半に案内した。座布団も出さない。谷井は灰皿をもらって、たばこに火を点けた。

しばらく待って、吉田美紀が現れた。三十代半ば、生成《きな》りのトレーナーにジーンズ、下膨れのおたふく顔だ。

「あの、何か……」

美紀は緊張した面持ちで、谷井の前に腰を下ろした。

「『スカイラーク』に女の子は何人いてます」谷井は切り出した。

「私と、もう一人ですけど」

「その人の名前は」

「郁代《いくよ》ちゃん……安田《やすだ》郁代です」

「どういうつながりで『スカイラーク』に」

「私がデパートに勤めてたときの後輩です。手が足りんさかい、三月から、お店を手伝《てつど》うてもろてます」

「ほな、安田さんは今もデパートに」

「もうだいぶん前に辞めました。昼間は十二軒町の商社で事務をしてます」

「ほう、十二軒町の商社でっか」

谷井は美紀を正視した。「その商社の名前は」

「エスミ商会です」

「ママさん、エスミ商会へ行かはったことは」

「ありません。電話は何べんかしたことありますけど」

「安田さんに、お客さんの土産用として、ストールとかスカーフを買《こ》うて来るように頼んだことありましたか」

「ないですね。いっぺんも」

「安田さん、どこに住んでます」

「お店の近くです。御堂筋と四ッ橋筋を渡って、住友倉庫の向かいに堀江ハイランドいうマンションがあります」

「その堀江ハイランドへ、これからいっしょに行ってもらえませんかね」

谷井は頭を下げた。美紀から眼を離せば、安田郁代に連絡をとるおそれがある。郁代の部屋には大迫靖樹が潜伏しているかもしれず、もし飛ばれでもしたら、始末書どころではすまない。


冷たい朝が来た。雨はようやくやみ、葉を打つ滴の音が間遠になった。

由実は濡《ぬ》れた体をさすり続けていた。どれくらいそうしていただろう、時には朦朧《もうろう》となり、睡魔に襲われることもあったが、頬をつねり木に額を打ちつけて耐えた。凍死、眠りはすなわち死だ。

由実は顔をもたげ、木の根方を抱え込むようにして立ち上った。つま先に感覚がなく、膝《ひざ》が痺《しび》れている。

ともかく、下へ降りよう。近くには必ず集落がある。

斜面に一歩を踏み出して、ころんだ。緩慢な動きで立ち上り、また歩きだす。泥に足をとられてパンプスが脱げる。脱げるたびに履きなおす。足の指に感覚が戻ってきた。

大迫はまだ私を探しているに違いない。捕まれば、その場で殺されてしまう。

また新たな恐怖が由実の胸を締めつける。枯れ葉が落ち、鳥が飛び立つたびに、声にならない悲鳴をあげる。

水の流れる音、木立が途切れ、谷あいに出た。ごつごつした岩と薄《すすき》の茂み、雨で水嵩《みずかさ》が増したのだろう、段丘を抉《えぐ》る渓流のところどころに小さな滝が見える。

由実は周囲に眼を配り、川原に降りた。流れの水で喉《のど》を潤し、パンプスを脱いで足の泥を洗い落とす。踝《くるぶし》から膝にかけて数えきれないほどのすり傷があった。

川原の岩陰に入って、腰を下ろした。疲労困憊《こんぱい》、小砂利の上で横になる。濡れた服が体に貼りついて氷のように冷たい。眠気はもう襲ってこない。

これからは渓流伝いに下りて行こう。大迫が待ち伏せているかもしれないから、木立の中を歩くのだ。

由実は上体を起こした。遠く朝靄《あさもや》に煙る山なみは、稜線《りょうせん》だけがわずかに濃く際立ち、なだらかな起伏を浮き彫りにしてみせた。

堀江ハイランドは、ネジ工場と機械工具店にはさまれた、マッチ箱を立てたような細長いビルだった。

谷井はタクシーを拾って、吉田美紀を都島に送り返し、堀江ハイランドの階段を上った。前面だけを白磁タイルで仕上げた玄関に、入居者募集の貼り紙、１ＤＫで月額十三万円の家賃はかなり割高だ。八階建の各階に三室がある。

エレベーターで六階へ上った。三号室の前に立って、

「ええか」と谷井。

「はい」

矢代は右手に手錠を構える。

谷井は壁のボタンを押した。

——はい、どちらさま。

——おはようございます。「スカイラーク」さんからお届けものです。

ドアが開いた。赤い髪、細面のいい女だった。

「安田郁代さんですね」

「はい……」

「すんまへん、実は府警の刑事ですねん」

手帳を見せた瞬間、郁代はドアを引こうとした。谷井は一歩踏み込んで、

「ネタは割れてる。つまらんことしなはんな」

郁代の腕をとり、肩でドアを押し開けた。矢代が脇をすり抜けて中に飛び込む。

谷井は郁代を玄関に押し入れ、後ろ手でドアを閉めた。

「ちょっと込み入った話をしたいんやけど、どこがよろしい」

「うちは、うちは何もしてません」

郁代は谷井の手を振りほどき、ダイニングルームへ行って、椅子に坐《すわ》った。向かい合って、谷井も腰を下ろす。

ベランダから矢代が戻って来た。

「デカ長、どこにもいてません」

「安田さん、あんた、大迫靖樹の居どころを知らんか」

「誰です、それ」

郁代は横を向いて口をつぐむ。

「あんたが大迫とつるんで、デート商法に精出してたことは調べがついてる。ここはあっさり諦《あきら》めて、居どころを教えて欲しいんや」

「知りません。うちは何にも知りません」

「そうか」

谷井は郁代の前に名刺を置いた。

「その肩書きを読んでくれるか。どう書いてある」

「大阪府警察本部、刑事部捜査第一課……」

郁代は口に出して読みあげた。

「よっしゃ。よう分かったやろ、わしらはデート商法を担当する生活経済課の刑事やないということや」

「何がいいたいんです」

「捜査一課はな、殺人《コロシ》を捜査するんや」

谷井がそういった途端、郁代の顔から血の気が引いた。

「ほな、小島知恵さんは」

「そう。わしらは連続殺人の重要参考人として大迫靖樹を追うてる。あんたがこうやって突っ張ってるあいだにも、次の被害者が出るかもしれんのやで」

「うち、大迫に訊《き》きました。小島さんの事件、関係ないのかと」

「まさか、おれが殺した、とはいわんわな」

「大迫と最後に会《お》うたんは土曜日です。事務所の電話を利用休止にして、ファイルやメモはみんな大迫が処分しました」

「大迫とはそれっきりかいな」

「全然、連絡がありません」

郁代の声が震えている。

「大迫の家は」

「枚方です」

「枚方の？」

「知りません」

「安田さん、あんたな……」

「嘘やないです。ほんまに知らんのです」

郁代は涙ぐんだ。「大迫は六月まで黒崎町のマンションに住んでました。東亜システムを辞めたとき、フィレックス商事の江角さんに新しいマンションを借りてもろて、枚方に移ったんです。……うち、そのマンションには行ったことないし、電話番号も教えてもろてません」

「くそっ、江角のやつ、何もかも知ってて、とぼけとったんですね」

矢代がいった。郁代に向かって、

「あんた、江角の自宅は知らんのか」

「江角さんとはいっぺんも会うたことありません。知ってるのは、大迫のスポンサーやということだけです」

「大迫が客をひっかけたり、デートで外に出てるとき、どうやって連絡をとってたんや」

「自動車電話です」

「番号は」

「〇三〇・七一・四二四××」

「大迫はどんな車に乗ってた」

「セルシオです。あずき色のセルシオ」

「ナンバーは」

「分かりません」

「セルシオは発売されて間がない。いつから乗ってたんや」

「十月の末でした」

「ほな、セルシオの前は」

「シーマです。色は白」

「セルシオのディーラーは」

「知りません」

郁代の眼から涙が一筋こぼれた。「うち、騙《だま》されたんです。大迫が東亜システムにいてるとき、着物を買わされて、そのローンを払うためにスナックでバイトするようになりました」

「で、いつの間にやら、ずるずると深みにはまってしもたと、そういうこっちゃ」

と、谷井。「あんた、大迫に惚《ほ》れてたみたいやな」

「………」郁代はうなずく。

「けど、わるいことと知ってて、詐欺商法の片棒かついでたんは、どうにも申し開きできへんで」

「刑事さん……」

「何や」

「うち、どうなるんですか」

「さて、どないなるやろな」

谷井は嘆息して、「今、大迫にひっかかってる客は何人ぐらいいてる」

「十四、五人です」

「思いつくだけでええし、名前と勤め先を一人ずつあげてくれへんか」

「――内田里佳さん、箕面保育所の保母。足立由実さん、東淀高校の先生。それから――

――」

郁代は指を折りながら名前をいい、矢代がメモをする。

谷井は立って、壁の電話をとった。一〇四番で箕面保育所の電話番号を訊く。一刻も早く客に連絡をとり、その安否を確かめねばならない。

陽が高くなった。右下にせせらぎの音を聞きながら、由実は雑木林の中を行く。厚い落葉の層、枝がからみあって歩きづらい。

私は迷ったのかもしれない、不安で胸がいっぱいになる。道から離れようと、林の中をやみくもに歩いて方向感覚を失った。渓流沿いを下流に向かえばいいと考えたが、それで集落に行きあたる保証はない。あの廃屋が山頂附近にあったはずはないから、山の麓《ふもと》を、集落とは反対方向に進んでいるのではないだろうか——。

疲労、憔悴《しょうすい》、身を切るような寒さ、気力を振り絞って歩く。

太い松の根、それを越えたところで、竹林の向こうに瓦《かわら》屋根が見えた。屋根は少しずつ離れて、一つ、二つ、……五つ。集落だ。

切り株を避けて一歩右に踏み出した途端、下草に足をとられてつんのめった。足首が捩《ね》じれ、横ざまに倒れる。

由実は呻《うめ》いた。踝《くるぶし》に錐《きり》を刺し込まれたような痛み。パンプスのヒールが折れている。

膝《ひざ》をつき、躙《にじ》るようにして立ち上った。右足を引きずってよろよろと前へ進む。

急斜面を這《は》い、ころげ落ちるようにして竹林を抜けた。低い石垣、農家の裏庭に出た。

人影はない。

裏庭を横切り、母屋《おもや》の勝手口の戸を引き開けた。

「誰か、誰かいませんか」

奥へ向かって声をかける。返事がない。

一瞬、由実の胸を怯《おび》えが走る。ここも廃屋だ。

戸にもたれかかり、そのままずるずるとしゃがみ込む。こぼれる涙を拭《ぬぐ》って顔をもた

げたとき、

「——探したよ」

すぐ後ろに大迫がいた——。

谷井と矢代は安田郁代を帳場に同行し、児玉に事情聴取を引き継いだ。そして、村木にセルシオの自動車電話の番号を伝え、車の所有者と登録ナンバー、その保管場所を調べるよう依頼して、折り返し、東淀高校へ向かう。

「こらどうも、まずいですね」

「ひょっとしたら、ひょっとするぞ……」

谷井は東淀高校に電話をした。同校教諭の足立由実は一、二限目の授業に姿を見せず、欠勤の連絡も入っていない。事務職員が藤井寺の足立のマンションに電話をかけたが、応答はないという。

——淀川区宮原、二人は東淀高校へ入った。

「——足立は生徒会顧問です。今日はクラブ連絡会議があるし、学校を休むということはないはずなんですが……」

教頭はさも困ったという顔で嘆息し、足立由実が一昨日《おととい》の土曜日に休暇をとったことを言い添えた。

「ほな、十一月二十三日から今日にかけて、四連休になりますね」と、矢代。

「いえ、きのうの日曜日、足立は女子バドミントン部の付き添いで、豊島《てしま》高校へ行ってます」

「付き添いは一人だけで？」

「はい、そうです」

「すると、最後に足立先生の顔を見たんは、バドミントン部の生徒ですな」

谷井がいった。「部員を呼んでもらえませんかね」

「今は授業中です。あと四十分待って下さい」

「そらあきません」

強く、谷井はいった。「足立先生、学校に連絡しとうてもできへん状況にあるかもしれんのです。わるうしたら、生命にかかわることでっせ」

「しかし……」

「しかしもかかしもない。今すぐ呼んで下さい、バドミントン部の全員を」

「仕方ありませんね」

教頭はしぶしぶ応じて会議室を出て行った。

「事情を知らんということは気楽なもんですね。あの教頭、まるで切迫感がない」

「詳しい説明をしたら、腰抜かしよる」

谷井はコートを脱いだ。

——十分後、十一人の部員が会議室に集まった。紺のジャケットにグレーのプリーツスカート、みんな潑剌《はつらつ》としている。

「足立先生のことで訊《たず》ねたいんやけど、今日は学校を休むような話をしてたかな」

谷井は口をきった。誰も発言しない。

「きのう、先生とはどこで別れたんや」

「豊島高校です」

背の高い、眼のくりっとした生徒がいった。

「由実先生、四時に約束があるとかいうて、三時過ぎに帰りました」

「どこで誰と会うか、は」

「聞いてません」

「あんた、名前は」

「森部まゆみ。キャプテンです」

快活そうな子だ。

「先生とはいろんな話をするんかいな」

「ようします。私、お喋《しゃべ》りやから」

「足立先生、最近、宝石を買うたような話はしてへんかったかな」

「あ、それ知ってます」

まゆみは谷井の眼をのぞき込むようにして、「大きなエメラルドの指輪です。婚約指輪？って訊《き》いたら、自分で買ったといってました。ボーイフレンドが宝石屋さんに連れてってくれたそうです」

「ボーイフレンドが宝石屋さんに、ね……」

谷井はうなずいた。「そのボーイフレンドについて、知ってることは」

「ありません」

まゆみは答えて、「みんな、知ってる？」

と、他の部員に訊く。部員は一様に首を振った。

「よっしゃ、よう分かりました。授業中に呼び出したりしてすまなんだね」

「由実先生、どないかしたんですか」

まゆみの困惑した表情。

「別に心配するようなことやない。明日《あした》になったら元気な顔を見せはる」

いって、谷井は笑顔を作った。

――足立由実の住所は、藤井寺市西大井三の二、ルミネ西大井。至急、急行して下さい。ウェディングドレスを着た死体がころがってるような気がします。

――令状をとってる余裕はないな。よし、分かった。二、三人、現場へ遣る。

――わしらは大迫靖樹のヤサをあたります。セルシオの件、調べはつきましたか。

――ついた。セルシオの所有者は宮永章宣、三十九歳。ナンバーは〈大阪、三三、る、五八××〉、住所は枚方市香里ヶ丘三丁目、高見ローレルコートとなってる。

――三十九というのはしかし、年を食いすぎてますね。

――残念ながら、大迫ではないようやな。

――宮永章宣は江角正之やないですかね。

――かもしれん。江角の車を大迫が乗りまわしてたと考えたら筋は通る。

――ベンツのオーナーはフィレックス商事でしたな。

――そう。法人名義や。

――江角、どないです。

――フィレックスに遠張りをかけとるんやけど、姿を見せず。ベンツ発見の報告もない。

――了解。これから香里ヶ丘へ向かいます。

――香里ヶ丘には山さんと鈴木も行った。向こうで合流してくれ。


「ここは廃村さ。助けを呼んだって誰も来やしない」

大迫はたばこに火を点けた。白い煙を吐いて、「おまえはばかだよ。凍るような雨の中を、山ひとつ迂回《うかい》してここへ出て来たんだ。あの道をまっすぐ下りれば、たった五分で下の村へ行けたものをさ」

「そうすれば、二分であなたに捕まってたでしょうね」

「おれに捕まってりゃ、そんなずたぼろにはなっちゃいない。よく凍死しなかったことだ」

「死ぬのはどうせ同じでしょ」

由実は覚悟を決めた。今さらじたばたしたところで、どうなるものでもない。命乞《いのちご》いをしたり、泣き喚いたり、惨めな死にざまだけは見せるまいと思った。

「私、あなたに殺されるくらいなら舌を噛《か》みます」

由実は戸にしがみつくようにして立ち上った。右の足首に焼けつくような痛み。

「世迷言《よまいごと》いってんじゃないよ。おれはおまえを連れて帰る。だからこそ、一晩中探したんだ」

大迫はたばこを捨て、靴先で踏み消す。大迫のスーツも泥だらけだ。

由実はじりじりと後ずさり、勝手口に半身を入れた。——と、戸の内側に心張り棒が見えた。

「足、くじいたのか」

大迫が近づいて来る。

「最後だから、ひとつだけ教えて。あなた、ほんとうは誰」

「大迫さ。大迫靖樹」

「嘘」

「おまえはおれの正体を知っている。今さら嘘をついたって何にもならない」

「じゃ、証拠は」

「くどいな」

大迫はにやりとして、内ポケットから黒革のカード入れを抜き出した。「そら、よく見ろよ」

由実の眼の前に免許証をかざす。〈氏名　大迫康樹　本籍　福井県足羽《あすわ》郡美山町所谷《みやまちょうところだに》――〉、確かにそう書いてある。

「宮永章宣じゃないのね」

「おまえ、セルシオの所有者を調べたとかいったけど、どんなふうにしたんだ」

「東成区のディーラーに電話をして……」

「ディーラーには車のナンバーをいったのか」

「…………」

「あずき色のセルシオなんて、何千台も走ってる。十月ごろに納車されて、下取りはシーマとでもいったんだろ」

「…………」

「くだらないね。その程度で探偵気取りかよ」

大迫はカード入れで由実の頬を叩《たた》く。

「人でなし」

怒りがこみ上げた。カード入れを摑《つか》みとって投げる。

「ばかやろう」

横殴りに張られ、後ろに飛んだ。大迫はカード入れを拾いに行く。由実は起き上り、戸を閉めた。

「下手に出てりゃいい気になりやがって、写真のことは忘れたのか」

大迫が迫って来る。由実は心張り棒をとり、水平に構える。太く、重い。

大迫が戸を引き開けた。瞬間、由実は眉間《みけん》を狙って、力いっぱい棒を突き出す。グシュッと鈍い音、棒は弾け飛んだ。

「ウワーッ」

大迫は顔を押さえ、膝《ひざ》から崩れ落ちた。指の間から鮮血。

由実は走った。土間を抜け、玄関へ。表の戸を開けようとするが、施錠されている。中は暗く、眼がきかない。

「この野郎」

大迫は叫んだ。血で前が見えないのか、壁伝いに追って来る。

由実は座敷に這《は》い上《のぼ》った。障子の向こうに一条の光。走って、肩から障子にぶつかる。縁側にころがり出た。

「待て」

大迫も座敷に上った。

雨戸が外れない。両手で叩く。

「助けて」

絶叫した。

大迫が突っ込んで来た。衝撃、雨戸を破り、重なりあって外にころげ落ちる。

「殺してやる」

大迫の手が肩にかかった。

死——恐怖が由実の背筋を貫く。

上体を反転させ、大迫の顔に土くれを叩きつける。

「こ、こいつ」

拳《こぶし》が頬をかすめた。

「助けて、誰か」

また反転し、蹴り上る。

「やかましい」

首に腕がまわった。苦しい。頸椎《けいつい》が軋《きし》み、意識が切れ切れになる。空の青、木々の緑、色が薄れていく。

アグッ——大迫が奇妙な叫び声をあげた。腕がゆるみ、重みが消える。由実は激しく咳《せ》き込んだ。

「大丈夫、もう大丈夫だ」

そんな声が聞こえた。

後ろを振り仰ぐと、太陽を背にした黒い人影。大迫は横に突っ伏したまま動かない。

「――た、助けて下さい」

「よかった。間に合った」

男は手に持ったレンチを放り出した。「アニー、もう大丈夫だ」

12

香里ヶ丘三丁目、高見ローレルコートは連棟のテラスハウスだった。斜め向かいの築地塀の陰に山添が立っており、谷井たちは車を駐めて合流した。

「どないです、ようすは」

「人のいてる気配はないな。宮永の家はいちばん手前や」

低く、山添はいう。前の車寄せにセルシオは見あたらない。

「突っ込みますか」

矢代がいった。

「待て。鈴さんが家主に鍵《かぎ》を借りに行ってる」

「家主は」

「バス停のそばの米屋や」

いって、山添が振り返ったところへ、四つ角から青い軽トラックが走って来た。助手席に鈴木の顔が見える。「高見米穀店」のトラックは谷井たちの後ろに停まり、鈴木と、ごま塩頭の男が車外に降り立った。

「こちら、高見さんです」と、鈴木。

「一課の山添いいます」

山添は会釈して、谷井と矢代を紹介し、「宮永章宣はいつ入居しました」

「去年の夏です。ローレルコートを新築したすぐあとに」高見が答えた。

「間取りは」

「一階が居間と台所とダイニング、二階に十二畳の洋間が二つ」

「嫁はん、子供は」

「いてません。宮永さん、独身のはずですわ」

「職業は」

「アクセサリー会社の重役さん。会社の名前は……」

「フィレックス商事？」

「そんなんと違います。えーっと、何やったかな」

「エスミ商会ですやろ」谷井がいった。

「そうそう、そんな名前でした」

「宮永は銀縁眼鏡かけて髭《ひげ》生やした優男ですな」

「ええ、そのとおりです」

「よっしゃ、行きまひょ。立ち会いお願いします」

谷井は歩きだした。

高見が鍵をあけ、山添を先頭にしてテラス内へ入った。雑然としたリビングとダイニングキッチン。ソファやサイドボード、ダイニングセットなど、調度類には金がかかっている。

「谷さん」

冷蔵庫のそばで山添が手招きした。

「何です」

「これ見てみい」

床の上にステンレスの皿があった。中に少量のキャットフード。

「江角は猫を飼《こ》うてる。わし、嫌な予感がするがな」

「ついでに猫の服も縫うてますか」

胸がトクンとなる。

「二階や、谷さん」

山添は玄関へ走り、谷井もあとに続いた。階段を駆け上る。

山添は手前の部屋のドアを押した。

「これは……」谷井は息をのむ。

寝室だった。奥の壁際にシングルベッド、窓のそばにミシン、その横に洋裁用の人台《じんだい》が立っている。

谷井は、クローゼットを開けた。中に、あふれるほどの布地。白からピンク、赤、青、緑と、あらゆる色が揃っている。棚の上には、型紙と、ボタンやファスナーの入ったプラスチックケースがあった。

矢代と鈴木が部屋に入って来た。ミシンと人台を見て立ちすくむ。

「谷さん」

山添が屑籠《くずかご》の中から白い裁ちぎれをつまみ上げた。「レースやな」

「それ、花嫁さんのベールでっせ」

「江角のやつ、ウェディングドレスをこしらえよったな」

山添は裁ちぎれを屑籠に落とし、部屋を出る。谷井たちも廊下へ出た。

隣の部屋は施錠されていた。

「どないします」と、矢代。

「かまへん、破れ」

いわれて、矢代は後ろへさがり、肩からドアにぶつかった。勢い余って中へころがり込む。谷井も入った。

そこは、着せ替え人形の世界だった。十二畳の手前に町と住宅街、向こうに森、草原、池が広がり、草原ではピクニック、池のほとりでは水遊び、住宅街では立ち話と、およそ二百体の人形がさまざまの服装でそこここに配されている。

「――狂気やな」

ぼそりと山添がいった。足許の、バルコニーで洗濯物を干している人形を拾い上げて、

「これは既製品か」

「ジュディーですわ」

谷井がいった。「コスモ玩具《がんぐ》製です」

「どいつもこいつもジュディーばっかりやな」

髪の色や型に変化はあるが、ジュディー以外の人形は一体もない。

「わし、胸がわるい。五十年の人生で、これほど不気味なもんを見たんは初めてや」

山添は人形を放った。

「同感ですな」

谷井はメインストリートを奥へ進んだ。左に屋根のない学校、白いブラウスのジュディーが三十体、椅子に坐《すわ》って授業を受けている。黒板の前に立っているのは眼鏡をかけたジュディーだ。

町外れ。森と草原は床から三十センチほど高く、指で草原の草をつまみとると、それは綿くずのような緑の粉で、その下は砂だった。池は砂を掘り下げたところにビニールシートを敷いて、そこに青い水をためている。

「これだけの砂、どないして運び込んだんです」

矢代が横に並んだ。「よう床が抜けんこっちゃ。一トン、いや二トンはありそうです」

「段ボール箱にでも入れて、ちょっとずつ運び上げたんやろ」

谷井は粉を払って立ち上った。

「——あれは何です。墓地ですか」

矢代が指さした。森の向こうに赤い屋根の教会、三本の十字架をさした砂地のまわりに、喪服を着た二十体あまりのジュディーが並んでいる。

「葬式やな」

谷井は森に足を踏み入れ、墓地に膝《ひざ》をついた。右端の十字架を引き抜いて砂をかき分けると、小さな棺が埋められていた。棺は厚紙製で、蓋《ふた》に ANNIE と金文字で書かれている。

谷井は緊張した。そろそろと蓋を持ち上げる。萎《しお》れた花の真中に、セーラー服姿の人形が横たわっていた。


江角の顔は返り血で赤く染まっている。それを無造作に手で拭《ぬぐ》い、

「アニー、怪我はないかい」

とかすれた声で訊《き》いてくる。

「えっ……」

私はアニーなんて名じゃありません——言葉を由実はのみ込んだ。

「こいつはおれがやっつけてやった」

江角は大迫を蹴《け》った。大迫は横倒しになり、由実に背中を向けたままぴくりともしな

い。頭が血だまりに漬かっているのを見て、由実は思わず悲鳴をあげた。

「アニー、もういいんだ。アニーをいじめるやつは絶対に許さない」

血走った眼、歪《ゆが》んだ口許、江角の言動は尋常ではない。

「――病院へ、病院へ連れてって下さい」

「いいとも、アニー」

江角は由実の腕をとり、引き起こした。

「――待って。大迫さんは」

「こいつは息をしてないよ」

江角はこともなげにいい、大迫の髪を摑《つか》んで引きずり始めた。

「何をするんです」

「処分するのさ、こいつを」

江角は大迫を担ぎ上げ、竹林の中に消えた。

今だ、逃げよう、由実は横にころがって縁の下に入った。大迫も江角も狂ってる。

縁の下を這《は》い、通気孔を見つけた。格子が二本折れている。

「アニー」江角の声が聞こえた。

由実は通気孔に体をこじ入れた。腰がつかえて動かない。肘《ひじ》で土を掻《か》き、懸命に躙る。

「アニー、どこなんだ」

江角が近づいて来る。

やっと体が通った。由実は身を伏せ、息を殺す。

江角の足音が遠ざかった。

アニーって、誰——由実は考える。どこかに記憶がある。アニー、アニー、アニー……。

「あっ」由実は気づいた。そう、十日ほど前だ。テレビニュースでセーターを見た。殺された臨床検査技師が身につけていたピンクのセーター、胸に〈ANNIE〉の編み込みがあった。すると、あの江角が……。

「アニー」

突然、通気孔のそばで声がした。「隠れてないで、出ておいで」

由実は両手で耳を押さえ、身を縮めた。なぜ私が、どうして私がこんなめに……。

「隠れんぼは終わりだ。出て来ないとお仕置だよ」

「あっちへ行って」由実は叫んだ。

江角は通気孔から顔をのぞかせた。男の体では狭い通気孔を抜けられない。舌打ちをして顔を引っ込めた。

由実は奥へ這い進んだ。通気孔は四方に一つずつあって、他の三つは格子が付いている。いつかはここから脱出しなければならないが、外には江角がいる。

最悪だ。事態は何ら好転していない。この暗い縁の下で、私は飢え、凍えてミイラになってしまう。——由実は泣いた。有田の山、新緑の匂い、きらめく海、家族の声、生徒の笑顔、次々と浮かんでは消える。由実は肩を震わせて泣いた。

頭上でバタッと音がした。江角が畳をあげている。続いて、ギシギシと軋《きし》むような音。床板が外れて光が射し込んだ。

由実は這って通気孔へ進んだ。腕を外に出し、肩をこじ入れた途端、横から首を押さえられた。

「捕まえたよ、アニー」

にやりとして、江角がいった。

江角は由実を殺しはしなかった。由実の捻挫《ねんざ》を見て、下の渓流までおぶって行き、

「こんな足じゃ、お嫁に行けないね」と、ハンカチで足首の汚れを落として湿布した。

由実は抵抗する気力も体力も失せ、江角のしたいようにさせた。凌辱《りょうじょく》されるようなことがあれば、その場で舌を噛《か》もうと、それだけを考えていた。

西の空が赤く染まった――。

江角は由実を背負い、山道を下り始めた。由実は、足を広げ江角の肩に手をまわしてしがみつくことにたまらない嫌悪感を覚えたが、歯を食いしばって耐えた。江角にとって、自分はアニーという女の子だ。だから、女の子に徹しつつ、どこかで逃げる機会を見出すのだ。

坂は徐々に平坦《へいたん》になり、杉林を抜けたところで、林道に出た。けっこう車の往来があるらしく、林道にはくっきりと轍《わだち》の跡がついている。

林道を百メートルほど下って、右の空地にセルシオと、その横に車高の高い白い車が駐められていた。ショートデッキのパジェロだった。〈福井、五五、わ、五六××〉、由実はナンバーを頭に刻み込んだ。

江角は由実をパジェロの助手席に坐らせた。シートベルトを締め、金具に布テープを巻きつける。

「また縁の下にでも逃げ込まれると困るからね、アニー」

江角はエンジンをかけ、発進させた。

「ここはどこなんですか」

「福井県の美山町……大迫の田舎さ」

「じゃ、さっきの廃村が」

「そう、あいつの生まれた村だ」

「彼が私を誘拐したこと、知ってたんですね」

「自動車電話という利器があるからね」

「ずっと連絡をとりあってたんですか」

「あいつはおれの腹心だったんだよ、アニー」

「私を誘拐させたのも、あなたの指示？」

「そんなことはしない。アニーを悲しませるようなことは絶対にしない」

「だったら、私を解放して下さい」

「アニーはおれといっしょにいるのが幸せなんだよ。分かるだろ」

車は林道から舗装路に出た。左に急峻《きゅうしゅん》な渓谷、右に切り立った山肌、他に車は一台も見あたらない。

「今夜は二人っきりでパーティーだ」

江角は口端でほほえんだ。

午後六時、豊中南署に臨時捜査会議が招集された。出席者は、児玉と浜西を除く村木班九名の他に、豊中南署、天王寺署、羽曳野署から刑事課長と捜査一課長、それに三十名あまりの応援捜査員が加わった。人いきれとたばこの煙で、会議室は白くかすんでいる。

「墓地に埋められてた棺おけは三つ。どれもANNIEという文字が書かれてて、ひとつはセーラー服、次はピンクのセーター、その次はピンクのスーツという具合に、三人の被害者と寸分変わらん恰好《かっこう》をした人形が中に入ってたんです」

山添は顔を紅潮させて報告する。「東淀高校教諭の足立由実は、依然消息不明で、学校にも有田の家族にも連絡なし。藤井寺のルミネ西大井を捜索、訊き込みをしたんですが、足どりを摑めそうな情報は入ってません」

「高見ローレルコートに、白いレースの裁ちぎれがあった。宮永はウェディングドレスを車に積んでる。足立由実に着せるつもりや」

村木がいった。「足立が消息を絶ったんは、きのうの午後三時で、四時に誰かと会う約束をしてた。一方、宮永が行方をくらましたんは、きのうの午後八時四十分ごろやから、足立の約束の相手が宮永であったとは考えにくい。しかしながら、大迫が足立由実を拉致《らち》して、そこへ宮永が合流したおそれもあるから、足立の生死についてはまったく予断を許さん状況にある。足立の死体発見の有無にかかわらず、一刻も早《はよ》う宮永と大迫を逮捕せないかん。ベンツとセルシオについてはナンバーを手配して、高速道路と主要国道に緊急配備をした」

「宮永と大迫の立ちまわり先について、手がかりはないんですか」

羽曳野署の捜査員が質問した。

「残念ながら、見当がつかん」

村木は嘆息して、「宮永については、まだ情報らしい情報はない。免許更新時の本籍は箕面市小野原となってるけど、そこは以前住んでた公団住宅で、現時点では、詳しい経歴や家族関係は判明してない。ちなみに、フィレックス商事の専務である江角正之と宮永章宣が同一人物であることは、フィレックスとローレルコートの付着指紋を照合して確認した。大迫についても、十二軒町のエスミ商会と小島知恵の部屋の付着指紋が一致した。大迫は小島に宝石を売りつけ、恋人気取りで部屋に出入りしてたというわけや」

「大迫の身許は判ったんですか」

「今日の午後、福井県警からファクスが入った。大迫康樹、二十八歳。こいつが大迫の正体やった」

大迫康樹は福井県足羽郡美山町所谷で出生し、地元中学を卒業後、福井市の県立定時制高校に入学。二年で中退し、大阪市旭区《あさひく》の建築板金会社に就職。そこを半年後に退職してからは決まった職に就かず、五つあまりのアパート、マンションを転々とした。東亜システムに入社後は北区黒崎町の志紀プラザに居住、マンション住人とはいっさい交渉がなかった。

「大迫には母親と、二つ違いの妹がいてる。母親に訊《き》いて、息子が志紀プラザに住んでたことを確認した」

「大迫の、今の住所は」

「枚方市宮之下町五丁目。高見ローレルコートから五百メートルほど離れた下駄ばきマンションや。大迫はローレルコートにセルシオを駐めて、そこから自分のマンションへ歩いて通うてたらしい」

「つまり、ローレルコートには、ベンツとセルシオが駐められてたということですか」

「そういうこっちゃ。宮永は二台分のスペースを借りてた」

「大迫はローレルコートのあの部屋に入ったことなかったんですかね」

「たぶん、ないやろ。ローレルコートから大迫の指紋は採取されてへん」

「大迫のマンションの捜索は」

「今、その最中や。終わり次第、連絡が入る」

　捜索は児玉と浜西たちが行っている。

「大迫の血液型はBやった。そして、ローレルコートから採取した毛髪の判定結果もB。大迫も宮永も同じB型というわけや。……そやし、大迫には人形集めの趣味はないけど、殺しと屍姦《しかん》の容疑が晴れたわけではない」

「大迫はともかくとして、宮永はどないして三人の被害者を見初めたんですか」

　天王寺署の捜査員が訊いた。

「三人やない。四人や」

　村木は訂正し、「小島知恵については、フィレックスで指輪とイヤリングを売りつけたことが分かってる。足立由実もエメラルドの指輪を買うた。池田涼子と川瀬深雪も宝石を買いはせんかったけど、大迫に誘われてフィレックスに行ったとは充分に考えられる。宮永が小島知恵の部屋に侵入することができたんは、大迫が手引きしたか、または大迫に部屋の鍵《かぎ》を借りたか……いずれにせよ、大迫が共犯関係にあった公算が大きい」

「足立由実も他の三人と同じように、人形みたいな顔ですか」

　羽曳野署刑事課長がいった。村木はうなずいて、

「色白で小柄、眼のくりっとした人形顔ですわ。正直なとこ、もっと早《はよ》うに気づくべき

でしたな。大迫が被害者の顔を見てるということは、宮永にもその機会があったということやからね」

「しかし、大迫が捜査対象になったんは、ついきのうのことですわ。少々のちぐはぐは仕方おませんで」

お互いを慰めるように刑事課長はいう。

「他に、何ぞ質問、意見はないか」

村木がいう。誰も手をあげない。

「ほな、ひとつ指示しとく。これからは全員、拳銃《けんじゅう》を携行してくれ。いつ大迫と宮永の逮捕にかかるやもしれんし、彼らは既に三人もの人間を手にかけてる。この上、不測の事態が生じたら取り返しがつかん」

――と、そこへ豊中南署の刑事が入って来た。村木に耳うちする。村木はうん、うん、とうなずき、

「――宮永のベンツが見つかった。福井市のレンタカー会社や。宮永はそこでベンツからパジェロに乗り換えてる」

日暮れ――。

県道から国道一五八号線に入った。足首の腫《は》れはいっそうひどくなり、車が振動するたびに痛みが走る。由実が顔をしかめるのに気づいたのか、江角は同じように眉《まゆ》をひそ

めて、

「痛いのかい」

「ええ……」

「もう少しの辛抱だ」

――トンネルにさしかかった。五分で抜け、一キロほど走ったところに小さなスーパーがあった。江角はパジェロを駐車場の隅に停めた。

「薬を買って来るよ、アニー」

江角は由実の腕をとり、後ろ手に縛った。両膝《りょうひざ》を合わせて布テープで巻き、口にもテープを貼った。

「これはアニーのためなんだよ」

江角は車外に出てドアをロックし、小走りでスーパーに入った。

由実はドアに顔を近づけた。口を使えず、ドアロックのノブを持ちあげることができない。腰をドアに打ちつけるが、びくともしない。上体を右に傾け、顔をハンドルに寄せた。シートベルトが肩に食い込む。

あごでホーンスイッチを押した。かん高いクラクションの音があたりに響きわたる。

助けて、誰か助けて――。クラクションを鳴らし続ける。

ふいにドアが開いた。

「アニー、いたずらしちゃだめじゃないか」

江角は由実の頭を助手席に押しやって、ドライバーズシートに乗り込んだ。ルームライトを点け、紙袋の中から白いスプレーを取り出して、

「こんなのしかなかったよ」

由実の足許に屈み込んで足首のハンカチをとり、冷湿布剤を噴きつける。

由実はほとんど身動きができず、口もきけない。涙があふれ出る。

「どう、少しは楽になった？」

江角はいい、エンジンをかけた。駐車場を出る。

縛られた手が痺《しび》れて、由実は呻《うめ》く。江角に反応はない。

北陸自動車道、福井インター附近へ来て、江角は車を左に寄せた。青いネオンのゲートをくぐり、モーテルへ入って行く。一階は鉄骨の柱の立ったパーキングで、薄暗い進入路の左右に階段が並び、その上に客室の表示灯が見えた。

江角は車を降りた。前にまわって助手席のドアを開け、由実のシートベルトを外した。

「アニー、パーティー会場だ」

由実を抱え上げ、階段を上る。江角が踊り場のボタンを肘《ひじ》で押すと、集中制御だろう、カチャッと音がして錠が外れた。

部屋に入った。江角は由実をソファに横たえ、また外へ出て、両手に大きなトランクを提げて戻って来た。二つをソファの脇に置く。

「あまりセンスのいいインテリアじゃないね、アニー」

江角は眼鏡をとり、ハンカチでレンズを拭《ぬぐ》う。「地方都市のモーテルなんて、こんなものさ」

――チャイムが鳴った。

「はい」と、江角は返事をし、出入口へ走る。カチャッと郵便受けの蓋《ふた》が開くような音がして、部屋料金を請求する女の声が聞こえた。

助けて――由実は叫んだ。テープにさえぎられて声にならない。

蓋が閉まった。階段を下りて行く足音。

「さて、これで明日《あした》の十時までアニーと水入らずだ」

江角がそばに来た。由実の手を括っていたネクタイをほどく。膝《ひざ》の布テープをとり、口のテープも剝《は》ぎとった。

由実は大きく息をした。スカートの裾《すそ》を直し、足を揃えてソファに坐《すわ》る。白い壁、グレーのカーペット、ガラスの衝立の向こうにダブルベッド、枕許に電話がある。

江角はウインナ・ワルツを口ずさみながら、トランクの蓋を開け、小さな紙包みをいくつも取り出してガラストップのテーブル上に並べていく。最後に出した化粧函《はこ》の中には黒いラベルのシャンペンが入っていた。

「八三年のドン・ペリニヨンだ。これが冷えるまでに、アニーは風呂《ふろ》へ入りなさい」

「――いやです」

「じゃ、シャワーでもいい」

「私、そんな気分じゃありません」

「アニー、いうことをきくんだ」

江角の表情が一変した。由実を眼鏡の縁越しに睨《ね》めつけて、「いいかい、そんな汚れた服とばさばさの髪でパーティーに出席はできないんだ」

「はい……」気圧されて、由実はうなずいた。

「じゃ、早く入りなさい」

江角は由実の手をとって立たせた。背中を押すようにして、洗面所からバスルームへ。いっしょに中へ入り、窓がないのを見定めてからシャワーの栓をひねる。冷たい水が由実の足にかかった。

「アニー、きれいになるんだよ」

いきなり、由実はシャワーの水を浴びせかけられた。

「やめて」

由実はうずくまる。

江角はなおも水をかけ、由実のカーディガン、セーター、スカートはずぶ濡《ぬ》れになった。

「パーティーは二十分後だ。新しいドレスも用意してある」

いって、江角は出て行った。

由実は冷たさに震えた。シャワーを熱くして頭から浴びる。冷えきった手と足に湯をかけた。

少し体が温まった。改めてバスルームの中を見まわすと、備品は洗面器、椅子、石鹸《せっけん》だけ。逃走に役立ちそうなものは何もない。

あと十五分——足を引きずりながら、バスルームを出た。洗面所にあるのは、ドライヤー、ヘアブラシ、櫛《くし》、整髪料、歯ブラシなど。カミソリは江角が持ち去ったらしく、見あたらない。

トイレのドアを開けた。ここにも窓はない。清掃用の棒ブラシがあったが、こんなもので江角に対抗することはできない。

体が冷えて、バスルームに戻った。熱いシャワーを浴びる。このままではいけない。江角のいうパーティーとは、つまり死出の儀式のような気がする。

また涙がこぼれた。しっかりしなさい、由実——叱咤《しった》し、気力を奮い起こす。私は生きる、死にはしない。

——と、バスタブの栓をつないだステンレスの鎖が眼にとまった。何とかなるかもしれない。

鎖の金具はねじ込みになっており、左にまわすと簡単に外れた。栓ごと、カーディガンのポケットに隠す。

「アニー、出て来るんだ」

江角の声が聞こえた。

名神高速道路から北陸自動車道に入って、車の通行量は十分の一になった。前を行く村木の車のテールランプが見る間に小さくなり、矢代はスピードを上げた。

「あと何時間や」

「福井インターまで百キロ弱。一時間ほどですね」

「十時までには県警本部に着くな」

谷井はたばこを揉《も》み消し、灰皿を閉めた。

「宮永のやつ、相当あせっとるな。ベンツをレンタカー屋に預けっ放しでパジェロに乗り換えよった」

大きなあくびをして、山添がいう。

「四駆の車を借りたということは、どこぞ山の中を走るつもりですね」

と、鈴木。「まさか、足立由実の死体を埋めに行くんやないでしょうね」

「それはないやろ。埋めたりしたら、せっかくのウェディングドレスが台なしや」

「ほな、宮永はどこへ……」

「わし、美山町のあたりをうろちょろしてるような気がする。大迫の田舎や」

「宮永と大迫はいっしょですか」

「何ともよういわん。セルシオが見つかってへんさかい」

いって、山添はまたあくびをした。腕を組み、頭をシートにもたせかけて、「どうもこういう不粋なもんを腋《わき》の下に吊《つ》ってると、肩が凝って仕方ない。谷さん、あんた、射撃訓練は」

「もう長いこと、したことおませんな。五十センチ先のねずみにもあたりませんやろ」

「最近のねずみは大きいで。わし、こないだ、近所の下水溝でこんな大きなねずみを見たがな」

山添は両手を肩幅まで広げた。谷井は笑って、

「そら係長、ねずみやのうて猫でっせ」

「尻尾《しっぽ》に毛が生えてへんかったぞ」

「はげ猫ですわ、はげ猫」

いって、谷井は山添の頭に眼をやった。

由実は江角から真新しいシルクの下着とえんじ色のワンピースを受け取った。洗面所で濡れた服を脱ぎ、着替える。ワンピースは薄手のウールで丈が長く、襟に黒のスェードをあしらったフォーマルなデザインだった。由実は鎖をベルトの裏にしのばせて、洗面所を出た。

「きれいだ、アニー、とてもきれいだ」

江角はタキシードを着ていた。白のドレスシャツに蝶《ちょう》ネクタイをつけている。

「さ、そこに坐って」

壁際のソファを手で示し、自分は立って冷蔵庫からシャンペンを出して来る。

由実はソファに腰を下ろした。ガラステーブルにはレースのテーブルクロスがかけられ、キャビアとカマンベールチーズのカナッペ、スモークサーモン、冷製のパンプキンスープ、メロン、シャンペングラス、明かりの入ったキャンドルランプが並べられている。さっきトランクから出した紙包みが、これらの食器、缶詰類だったようだ。

江角はシャンペンの針金を外し、栓を抜いた。栓は勢いよく飛んで冷蔵庫にあたった。

「さ、乾杯だ」

江角はシャンペンを注ぎ、グラスをかざす。由実もグラスを上げて応じるが、飲みはしない。視野の端にベッドルームの電話を捉《とら》えて、何歩でそこへ行けるか、目測する。

「アニー、楽しくないのかい」

「いえ……」

「キャビアはどう」

「あとでいただきます」

喉《のど》を通る状態じゃない。

「――タキシードまで用意してたんですね」

「そりゃあ、今夜はアニーの結婚式だから」

「結婚式？」

「そうさ。見せてあげようか」

江角は青いトランクを引き寄せ、蓋《ふた》を開けた。白いシルクの肩布を両手でつまんで立ち上がると、それはウェディングドレスだった。

「素敵だろ、アニー」

「それを、私が……」

グラスをとり落としそうになった。〈猟奇殺人、次はウェディングドレスか〉、週刊誌の中吊《なかづ》り広告が眼に浮かぶ。

「髪飾りとブーケ用の花は、造花しか手に入らなかった。車に積んでるけど、見たいかい」

「いえ……」声がかすれる。

このままではいけない。何とかしなければいけない。パーティーが終わったとき、私は殺される。考えろ、考えるんだ。

江角はドレッサーからハンガーを取り出し、ウェディングドレスをかける。

由実はグラスを置いて、もう一度室内を見まわした。冷蔵庫の左に小さなガラス棚とコーヒーメーカー、その左にドレッサー、衝立の向こうにベッドと電話、テレビ。天井照明は埋め込みのシーリングライトで、中央部にスピーカーと、その横には——。

スプリンクラー。そう、スプリンクラーだ。

ベッドの上に立てば、充分に手が届く。そして、テーブルにはキャンドルランプ。

「アニー、どこを見てるんだ」

江角が振りかえった。

「…………」

「アニーは電話が気になるようだね」

江角はふっと笑って、「あの電話は使えないよ」

ポケットから灰色のコードを引き出した。

「このとおり、コードは抜いてある」

「――お願いがあるんですけど」

「なに」

「やっぱり、花を見せて下さい」

「ふむ……」

「お願いです。花嫁が持つブーケなんでしょ」

「いいだろう」

江角はトランクからネクタイを出した。

「それはやめて下さい。私、逃げたりしません」

「お互いの信頼のためさ」

江角は由実の手を後ろにまわして、括った。

「そこにじっと坐《すわ》っていること。いいね」

いって、ドアを開け、出て行った。外から施錠する音。

由実は上体を倒し、肘《ひじ》かけの上のサービスブックを口に咥《くわ》えた。キャンドルの火にかざす。

サービスブックは黒煙をたちのぼらせて燃え上った。

足を引きずって衝立の向こうへ走り、膝《ひざ》でベッドに躍り上った。立って、顔を上に向ける。炎の先端がスプリンクラーをなめた。

お願い、作動して。足首が軋《きし》み、体が揺れる。炎が小さくなる。

ドアが開いた。「アニー」、江角の叫び声。

ピン、と何かが弾けた。瞬間、眼の前がまっ白になり、由実は水煙に包まれた。滝のように降り注ぐ水、響きわたるベル。由実はベッドに突っ伏し、咳《せ》きあげる。

「アニー」江角の手が足を摑《つか》んだ。蹴《け》って逃れようとするが、離れない。引きずられ、担ぎ上げられる。

「誰か……」

悲鳴が噴き出す水の音にかき消される。

江角は水煙の中を走り抜け、外へ出た。階段を駆け下り、車のドアにキーをさす。由実は叫び続け、力の限り抵抗する。

ドアが開いた。由実は車内に放り込まれ、続いて江角が乗り込んで来る。エンジンがかかり、車は発進した。

13

福井インターチェンジを出て国道一五八号線を走り、福井バイパスにさしかかったところで、村木の車がハザードランプを点滅させた。歩道脇に停車し、谷井たちも後ろに停まった。

「何ぞあったんかいな」

谷井は車を降りた。後続の畑中たちも車外に出て来る。

歩道に立った村木を全員が取り囲んだ。

「今、県警から無線が入った。午後八時ごろ、インターチェンジ近くのモーテルでボヤ騒ぎがあったんやけど、現場から白のパジェロが逃げて行ったということや。パジェロは福井ナンバーで、初めの二桁《ふたけた》が五と六。宮永が借りたレンタカーや」

「運転してたんは」山添が訊《き》いた。

「男や。人相はわからん」

「同乗者はいてましたか」

「パジェロを目撃したんはモーテルの従業員や。消火器を持って走ってたし、ナンバーを憶えるのが精いっぱいやったらしい」

「しかし、そんなあやふやなナンバーで宮永のレンタカーやと断定できるんですか」と、畑中。

「水浸しの現場にな、ウェディングドレスが残ってたんや」

村木は空を仰いで、いった。

由実は体をひねってダッシュボードに眼を向けた。あれから二時間近く走っただろうか、デジタル時計は十時零分を表示している。車内は暑いほどヒーターが利き、さっきまでの震えはおさまった。

「――どこですか、ここ」由実は口を開いた。

「どこでもいい。アニーのおかげでとんだ道草を食った」呟《つぶや》くように江角はいう。

由実は両手両足を縛られ、リアシートにころがされている。どこをどう走っているか見当がつかない。料金所を通過しなかったから、北陸自動車道に入らなかったことだけは確かだ。

「少し話してもいいですか」

「ああ……」

「私はなぜアニーなんです」

「アニーだからさ」

「でも……」

「アニー、わけの分からないことをいうもんじゃない」

江角は人さし指を立てて左右に振る。

「――ひとつ分からないことがあります」

「何だ」

「大迫が私にいいました。十一月二十日の夜、私の部屋に泊まったことにして欲しいって。……小島さんを殺したのはあの人じゃないんでしょ」

「………」

「なぜ、大迫はアリバイ工作をしたんです」

「あいつはアニーとセックスをした」

「私、してません」

「十九日の夜、あいつはアニーとセックスをした」

何をいってるのだろう、江角の言葉が理解できない。

「それを見たんですか」

「アニーのマンションだ。ソファの上でセックスしていた」

――江角のいうアニーは、どうやら小島知恵のことらしい。江角にとって、殺した女性はみんなアニーという名前なのだ。そして、この私もまた、アニー……。

「大迫はどうしてアリバイ工作をしたんですか」もう一度、訊いた。

「二十日の夜も、大迫はアニーとセックスをした。アニーとフランス料理を食べたあと、ホテルへ行ったんだ」

「それは、大迫から聞いたんですか」

「おれが訊けば、あいつは何でも喋《しゃべ》る」

「ホテルを出て、小島さんを羽曳が丘へ送ってったんですね」

「小島なんて女じゃない。アニーだ」

「大迫はアニーの部屋の鍵《かぎ》を持ってたんですか」

「持っていた。車のグローブボックスに入ってたのを拝借して、おれは合鍵を作った」

——事情がのみ込めた。二十日の夜、大迫は小島知恵を送ったあと、近くに私が住んでいることを思い出したのだ。それで私に電話をかけ、ルミネ西大井を訪れたのだが、あいにくそこには友達がいた。

大迫は私のマンションを出たあと、香里ケ丘の家に帰った。そして、ちょうどそのころ、小島知恵は江角に殺されたのだ。

大迫は自分に殺人の疑いがかかることをおそれた。小島知恵の部屋の鍵を持ち、つきあった動機も詐欺めあてだ。アリバイがない上に、二十日の夜、羽曳が丘近くにいたことはこの私が知っている。大迫は私の口をふさぎ、なおかつ、アリバイ工作をするために、私を拉致《らち》し、あんな写真を撮ったのだ。

「彼は川瀬さんと池田さんが殺されたとき、自分との関連は考えなかったんですか」

「あいつはアニーたちの名前なんか憶えていなかった。あのアニーたちをおれの会社に連れて来たのは大迫じゃない」

「大迫はあなたのことを疑ったりしなかったんですか」

「自分のすぐ身近にいる人物が人を殺すなんて、誰も想像しやしない。……それに、おれはいつも自分の血液型をAだといってたよ」

「でも、デート商法と連続殺人事件の関係がニュースになったでしょ」

「アニー、おまえは頭がいいね」

「答えて下さい。大迫は事件のことをどう思ってたんです」

「あいつは保身に汲々《きゅうきゅう》としてた。一から十までおれに相談した」

「それで……」

「おれはいってやったよ。おまえは殺人容疑で逮捕されるだろうって」

「逮捕されても、調べが進めば釈放されます」

「アニー、それは甘いな」

「……」

「殺人容疑が晴れても、大迫が実刑を食らうことに変わりはない。あいつは訪問販売法違反と詐欺罪で起訴されるんだ。……東京ハサウェイ商品企画部のマネージャーっていうのは詐欺以外の何ものでもない。訪問販売法違反だけなら執行猶予がつくだろうけど、そこに詐欺罪が加われば、実刑は免れない」

「詐欺罪に関しては、あなたも同じじゃないですか」

「じゃ、私を誘拐させたのは……」

「そう。このおれなんだよ、アニー」

　クックッと、さもおかしそうに江角は笑う。

「あいつは最後の最後まで、おれを信じて天国へ行ったんだ」

――午後八時四十分、セルシオが発見された。場所は大迫康樹が生まれた美山町所谷の山中で、附近の捜索にあたっていた駐在所員から一報が入った。

　セルシオは西小峰村という廃村から約二百メートル離れた林道沿いの空地に駐められていた。車内には誰もおらず、血痕《けっこん》等はなし。濡《ぬ》れたオレンジ色のポンチョとカメラが後部座席に置いてあり、中のフィルムは現像すべく手配した。

　また、空地の、セルシオの左横には真新しいタイヤ痕《あと》があった。パターンからみて、それはかなり幅広のトラックタイヤのようであり、タイヤマークを採らないと断定はできないが、おそらくパジェロのタイヤ痕であろうと考えられる。

　駐在所員は福井署に応援を要請し、引き続き附近の捜索を行っている――。

「わし、足立由実は殺されてへんと思うな。たぶん、ぐるぐるに巻かれてパジェロの中や」

福井県警捜査一課会議室。村木は腕組みをし、壁に寄りかかった。「ウェディングドレスは死体に着せるためやし、それがモーテルにあったということは、まだ生きてると考えられる」

「しかし、何の抵抗もせん死体の方が、運ぶには楽やないですか」畑中がいった。

「今までの事例を考えてみい。宮永は被害者を殺したあと、いろんな作業をせないかん。死後硬直が始まったら、屍姦《しかん》はおろか、服を着せることもできへんやないか」

「なるほど、班長のいわはるとおりや」

「宮永には舞台が要る。足立を殺したあと、毛を剃《そ》り、化粧をし、きれいな服を着せる部屋が必要や。剃った毛を洗い流す水もない、着せ替え人形を鑑賞するための明かりもないようなとこで、足立を殺すとは思えんな」

――村木は県警本部に申し入れて、県内のホテル、旅館、ラブホテルなど、宿泊施設にパジェロのナンバーと、宮永、大迫、足立の人相、特徴を手配し、同時に、福井市内を経由する県道、国道、高速道路に緊急配備態勢を敷いていた。がしかし、配備の完了は午後十時二十分ごろだったため、宮永たちが網を抜けたおそれもある。ボヤ騒ぎのあと、検証にあたった消防と警察がもっと早くウェディングドレスに気づいていれば、二時間もの後れをとることはなかったのだが、これはもう仕方ない。今、この時点で最善を尽くすのだ。

「くそっ、ここでボーッと待ってる他に手はないんかい」
山添が机を叩《たた》く。アルミの灰皿が跳ね落ちて、カランと乾いた音をたてた。

パジェロが停まった。

江角はエンジンをとめて車を降り、すぐに戻って来た。電話ボックスに入ったのだろう、手に電話帳を持っている。

ルームランプを点け、江角は電話帳を繰った。ほどなくして目的の項目を探しあてたらしく、そのページを破りとって、電話帳を車外に捨てた。またエンジンがかかり、発進する。

――十分後、江角は車を停め、ライトを消した。サイドウインドー越しにポプラの高木が見える。

「アニー、じっとするんだ」
江角は低くいって、由実の体を布テープで巻く。口にもテープを貼り、シートベルトでリアシートに縛りつけた。

「ここは人気のないところだから暴れても無駄だ。いいね、アニー」
頭からコートをかけられた。上からまたテープを巻いているらしい。
エンジンがとまり、江角が車外に出た。ドアが閉まってロックの音。
由実はほとんど身動きできず、眼も見えない。江角はどこへ行ったのか、何をしているのか、まるで分からない。ただ、すぐには帰って来そうにない。

由実は車が少し傾いていることに気づいた。背もたれの方に重みがかかっているような感じがするのは、パジェロが上り坂に駐められているということだ。

由実は体を揺すった。シートベルトが首と膝《ひざ》を締めつけている。腰と膝を曲げ、思いきり伸ばすと、足先がリアフェンダーの内張りにあたってドンと鈍い音がした。誰かが聞きつけてくれることを祈りながら、由実はくりかえし左足のかかとを打ちつける。

——二十分近くもそうしていただろうか、膝を固定していたシートベルトがゆるんできた。由実は膝を屈伸させることに残る力を集中させた。シートベルトはより大きくゆるみ、十分後には足を抜くことができた。

由実は少しずつ体を横に向けた。ベルトが首に食い込み、眼も見えないが、下半身は動く。

両足をフロントシートの間に入れた。アームレストの上を滑らせると、つま先にシフトレバーの感触。この車はオートマチックだから、握りの部分にボタンがある。

両足でシフトレバーをはさみ、ボタンを押しながら引いた。右の足首は焼けつくように痛いが、歯を食いしばって堪える。レバーは意外に軽く動いて、三段あまりこちらに来た。どこがニュートラルか分からない。

サイドブレーキレバーをつま先で探りあて、押した。びくともしない。

かかとでブレーキレバーを蹴《け》りつけた。足が弾き返される。

由実はブレーキレバーを蹴り続けた。蹴るたびに、引き上げられたレバーの傾きが小さくなるような気がする。

——と、ガシッと音がして、ブレーキレバーが倒れた。一瞬、車は前後に揺れたが、動きだす気配はない。

祈るようにして、シフトレバーを一段押した。わずかな揺れ、ホイールハウスの下でタイヤがころがりだした音。

パジェロは後退し始めた。徐々にスピードが増すのを感じる。由実は足を縮め、シートの背もたれに体を密着させる。

パジェロが跳ねた。何かに乗り上げる。クラクション、タイヤの軋《きし》み、そして衝撃。

叫び声が聞こえた。複数の足音が近づいて来る。

由実はリアフェンダーを蹴った。「誰かいるぞ」、「ほんまや」、そんな声。

ドアが開いた。

助かった……。

エンジンがかかった。

えっ……。

車は急発進した。

「アニー、死にたいのか」

江角の声だった。

県警捜査一課の主任が会議室に飛び込んで来た。

「パジェロが見つかりました」

「どこです」

全員が立ち上った。

「敦賀《つるが》市です。パジェロがバス停の待合所に衝突しました」

「それで」

「逃走しました。行方は不明です」

「何ですて……」

「現場は三島町の笙ノ川《しょうのかわ》の橋のたもとです。坂の上からころがって来たパジェロを避けそこねて、トラックが洋菓子店に突っ込みました。パジェロは待合所にぶつかって止まったんですが、そこへ髭《ひげ》の男が走り出て来て、車に乗り込み逃走したんです」

「誰も追跡せんかったんですか」

「待合所の損傷は大したことないんです。洋菓子店の方は店舗部分が全壊というひどい状況で、居あわせた連中は、パジェロが事故の巻き添えを食うたと思たんです」

「髭はどこから走り出て来たんです」

「坂の上の方です。はっきりした情報はありません」

主任はひとつ息をついて、「ただ、パジェロのリアシートに人がいたという証言はあります」

「それは」

「上半身にコートをかぶった女です。スカートを穿《は》いてました」

「足立や。足立由実や」

「女は生きてます。動いてました」

「よっしゃ。行くぞ、敦賀へ」

村木が声を張りあげた。谷井はコートを掴《つか》む。と、そこへ、またひとりの県警捜査員が入って来た。

「三島町の事故現場附近で盗難がありました。宮永の仕業やと思われます」

「どういうことです」

「宮永が押し入ったんは貸衣装店です。ウェディングドレスが盗まれました」

江角の乱暴な運転で、由実の体が跳ね上る。パジェロは市街地を抜けて郊外へ出たらしい。カーブが連続し、車体は右に左に傾く。

ここはどこ、私はどうなる、江角は何をしていた、警察の追跡は――由実は眼も見えず、口もきけない。精も根も尽きはてようとしている。

――十分ほど走って車は大きく右に曲がった。小石を撥《は》ねながら急勾配《きゅうこうばい》の道を上って行く。江角に目的地はあるのだろうか。

車が停止した。江角は何もいわず、シートベルトを解いて、由実を車外へ引きずり出す。肩に担ぎ上げて歩き始めた。潮の匂い、遠くに波の音、落ち葉を踏むような音がするのは、海をのぞむ山の小径を上っているらしい。

しばらく歩いて、江角は由実を地面に下ろした。上体を蔽っていたコートをとり、口のテープを剝《は》がす。

由実は星空を見た。左に山、右に海、水平線に沿ってちらちら光るのは対岸の道を走る車のライトだろう。

「――ここは」

「敦賀半島、小《こ》崎《さき》の突端」

「敦賀半島……」

「それが敦賀湾」

江角は海を指さした。「あの明かりは、さっき通った八号線」

「ここで、ここで私を……」

「パーティーの続きをするのさ」

肩に提げたバッグを背中にまわして、江角は由実を抱き上げる。「近くに知り合いの別荘がある。腹ごしらえもできるだろう」

北陸自動車道を突っ走って、谷井たちが敦賀市内へ入ったのは事故発生からちょうど一時間経った午前零時五十分、三島町の事故現場にはまだ多くのやじ馬がいた。投光器の照らし出す中、トラックの撤去作業を眺めている。

「これだけの人間がおりながら、誰ひとりパジェロを追いかけんかったとはな」

山添が慨嘆する。

「しゃあない。わしらにツキがなかったんや」

村木がいったところへ、水色のダウンジャケットの男が歩み寄って来た。男は敦賀署の伊東《いとう》と名乗り、

「県警本部から連絡を受けてます。手伝うことがあったら、何なりというて下さい」

「パジェロの行方は摑めんのですな」と、村木。

「残念ながら、まだ……」

「敦賀市を出る道は」

「八号線を北上したら越前海岸、南へ行ったら滋賀、二七号線を西へ走ったら小浜《おばま》へ出ます。主要交差点と北陸自動車道の料金所で検問をしてますが」

「北と南と西、道路はその三本だけですな」

「もう一本、敦賀半島の海岸べりを走って立石《たていし》岬へ行く道があります」

「合計、四本か……」

村木はうなずいて、班の全員に、「ことは一刻を争う。手分けして四方へ散ろ」

「わしは越前海岸へまわりまひょ」と、山添。

「ほな、こっちは敦賀半島」

谷井が続けた。

別荘はログハウスだった。海側に広い板張りのテラスが張り出している。中は約三十畳のワンルームで、左奥にキッチンと食卓、梯子《はしご》のような階段が中二階の寝室につながっている。

由実はリビングの中央に敷かれたシャギーカーペットの上に下ろされた。

「これをほどいて下さい」

由実はいった。両手は後ろで縛られ、足は膝《ひざ》の部分を括られている。

「だめだ、アニー。失敗は繰り返さない」

「足が痛いんです、とても」

「もうすぐ楽になる」

江角はバッグを床に置いて、中から白い服を取り出した。「ウェディングドレスだ、アニー」

眼に狂気が宿っている。

谷井はルームランプを点け、地図を広げた。海べりの道は複雑なカーブを描きながら北へ十キロほど延び、敦賀原発から立石岬に突きあたる。岬から先は道がない。

「こらどうも外れやな。こんな行き止まりの一本道を逃げるとは思えん」

「けど、宮永が地図を持ってるとは限らんでしょ」

矢代は水たまりを避けてステアリングを左に切る。「こういう淋《さび》しい道やったら検問がないと考えたかもしれません」

「それも、ま、理屈やけどな」

谷井は地図をたたんでリアシートに放った。

敦賀市内を出てからは、車外の情景にほとんど変化がない。右は海、左は山。道路のすぐ近くまで山が迫り、海側は蜿々と砂浜が続いている。

〈名子《なご》海水浴場〉と書かれたゲートをくぐり、小さな集落に入った。矢代は車を徐行させ、谷井はパジェロを探すことに集中する。家々の窓に明かりはない。

集落を抜けた。矢代はスピードを上げる。

「功ちゃん、田舎は丹後やったな」

「天橋立《あまのはしだて》近くの日《ひ》置《おき》というとこですわ」

「似てるか、風景」

「似てますね。今はこんなふうに穏やかやけど、真冬になると日本海は様相が一変します。毎日、ものすごい波が打ち寄せて、ほんま荒涼たる景色になります」

「両親は日置にいてはんねんな」

「もう半年ほど、顔を見てません」

「おふくろさん、息子が因果な仕事に首突っ込んだと思てはるやろ」

谷井はヒーターのレバーを強にした。

右前方に岬が見えた。岬は三角の山になっており、その付け根を道路が切り通している。

――と、一瞬、山の中腹に小さな光を見たような気がした。

「功ちゃん、ちょっとゆっくり行ってくれ」

「はい」

矢代はスピードを落とした。

山と岬にはさまれた狭隘《きょうあい》部に小径があった。谷井は車を停めさせて、

「わし、ここで降りる」

「はあ……」

「この坂の上に、家があるように思うんや。念のために調べてみる」

「車で上ったらどないです」

「この車では無理やろ」

見るからに険しい坂だ。こぶし大の石がごろごろしている。

「功ちゃんはこのまま立石まで走ってくれ」

「けど……」

「時間が惜しい。大の男が連れだって動くこともないやろ」

谷井は車外に出た。

「ほな、帰りにデカ長を拾いますわ」

いって、矢代は車を発進させた。

谷井は大きく伸びをし、たばこを吸いつけて小径を上り始めた。凜然たる冷気、木々の切れ間に星がまたたく。

江角はダイニングチェアに腰かけ、由実に背中を向けたままひと言も発しない。バスルームの扉越しに水の落ちる音。バスタブに湯がたまったとき、パーティーが始まるのだと由実は思う。

「――何かいって下さい」

「何を……」

「何でもいいから……」

「アニー、おれは今、喋《しゃべ》りたくないんだ」

「殺されたあと、ウェディングドレスを着せられるのね」

涙が頰を伝い落ちる。死を覚悟するなんてできはしない。黙って享受するのが運命というのなら、その儚《はかな》さを由実は呪う。

坂を上りきって涸《か》れ沢を越えたとき、谷井は林の中にパジェロを発見した。反射的に身を伏せ、立ち木の陰に入る。

どうする、応援を呼ぶか。

できない。矢代が戻って来るまでに少なくとも三十分はかかるだろう。足立の生死は分からないが、その間に殺されるようなことがあれば取り返しがつかない。幸い、車で坂を上らなかったから、谷井の存在は宮永に気づかれていないはずだ。

パジェロのエンジン音はしない。谷井は立ち木伝いに近づき、車内に人のいないことを確認した。あたりを見まわすと、林の奥に小径がある。径はつづら折りに上って、さっき明かりの見えた家に続いているらしい。

谷井は細心の注意を払いながら小径を進む。

そういや、この辺は別荘が多いというてたな――敦賀《つるが》署の刑事からそう聞いた。立石岬の原発誘致により道路が整備されたため、東京、大阪の業者が敦賀湾沿いに別荘地を造成して次々に売り出しているという。

シーズン外れの別荘やったら、着せ替え人形ごっこにちょうどええがな――。

石垣に突きあたった。左に折れると、二十メートル先に丸太を組み上げた山小屋風の建物があった。二つの窓に電灯の明かり、人影は見えない。

石垣と別荘の間は砕石を敷いた空地になっている。建物の右背面は切り立った山、左のテラスの先は海に向かった急斜面だから、迂回《うかい》路はない。

谷井は石垣の陰を右へ走り、這《は》い上《のぼ》った。山肌に背中をつけ、少しずつ建物に近づく。

踏みしめる砕石が軋《きし》むたびに背筋が硬くなる。

鳥が飛び立った。

江角は立ち上り、窓の外をうかがう。

「アニー、お客さんだ」

布テープを手にして、由実のそばへ来た。

玄関ポーチ横、窓の脇に谷井は張りついた。薄茶のカーテン、中のようすが見えない。

腰をかがめてポーチを左に移動し、テラスに上った。三メートル先にガラス戸がある。

丸太の壁にもたれかかり、靴を脱いだ。ひとつ深呼吸をし、一歩を踏みだしたその瞬間、

「おい」

振り向いた側頭部に衝撃。谷井は仰向きに倒れ、起き上ろうとする顔に何かがめり込んだ。

「宮永……」

谷井は呻《うめ》いた。眼が見えない。頭が熱い。足が痙攣《けいれん》する。

「死ね」

頸椎《けいつい》が横にずれた。

ドアが開き、江角が戻って来た。上半身を赤く染め、へらへら笑っている。

「アニー、またやっちゃった……」

呆《ほう》けたような足どりでバスルームへ向かう。

由実は眼を閉じた。父と母、おばあちゃんと姉の顔を思い浮かべ、一人ひとりにさようならをいった。

谷井は暗い奈落《ならく》に沈み、やがてゆらゆらと浮上した。半ば混濁した意識、たまらなく眠い。砂礫《されき》、叢《むら》、灌木《かんぼく》。谷井は顔をもたげ、枝を摑《つか》んで反転した。

潮風が下から吹き上げてくる。テラスから突き落とされたらしい。

胸が波うって、泡まじりの血が口から噴き出した。また朦朧《もうろう》となる。谷井は立ち木に寄りかかった。

あれからどれくらい経ったのだろう。宮永は、そして足立由実は……。

谷井は四つ這いになり、斜面を上り始めた。滑ってころび、ころぶたびにまた起き上る。

バスルームの水音がやみ、江角が出て来た。素裸だ。

「アニー、お別れだ」

いうなり、のしかかって来る。

由実は悲鳴をあげた。叫びは声にならず、テープの下で唇がひきつる。

江角の指が喉《のど》にかかった。恍惚《こうこつ》に歪《ゆが》んだ顔、震える腕――。

谷井はテラスに這い上り、ホルスターの拳銃《けんじゅう》を抜いた。ガラス戸越しに、男の背中と、のたうつ女の足。

安全装置を外し、裸の背中だけを見据えて撃鉄を起こす。両肘《りょうひじ》で上体を支え、構える。

「宮永」ひと声、叫んだ。

男は振り向き、谷井は撃った。

宮永は膝《ひざ》立ちになり、伸び上った。左胸にぽつんと射入口。

手から拳銃が落ちた。谷井の意識は切れ切れになり、宮永が横倒しになるのを見て、途絶えかける。

千代子――呼びかけた。死なへんぞ。死んでたまるかい。

仰向きになった。満天の星、激痛、覚醒《かくせい》。

谷井は手探りで拳銃を拾い、空に向けて連射した。

参考文献『倒錯　幼女連続殺人事件と妄想の時代』
伊丹十三・岸田秀・福島章（文藝春秋刊）

あとがき

二〇〇四年四月、鷺沢萠《さぎさわめぐむ》は亡くなった。彼女が一九八七年に第六十四回文學界新人賞を十八歳で受賞した翌年に知り合った（いっしょに麻雀をした）のだから、十七年にわたるつきあいだった。

鷺沢萠をわたしは「めめ」とか「めめぞう」と呼んでいた。いつも元気で、よく喋って、片時もぼんやりしていることがない。未成年のころから文筆を職業にし、売れっ子だったから、ずっと忙しくしていた。「もっとゆっくりしたらええんや」というと、「ゆっくりするって、どうするの」というような答えが返ってきた。短い生涯をほんとに一所懸命、めめは駆け抜けた。

めめとは麻雀もしたし、酒も飲んだし、旅行もした。韓国、香港、マカオと、うちのよめはんも交えて、よくカジノ巡りをした。めめは本質的に博打があまり好きではなく、麻雀なら半荘《ハンチャン》八回、カジノに行ったら二、三時間で、勝っても負けても切りあげて帰る。そのめりはりが（いつまでもだらだらと小金を賭《か》けては負けるわたしとはちがって）鮮やかだった。

長いつきあいだったので、めめの結婚から離婚、そのあとに交際した相手も、わたしはみんな知っている。めめは自分の好きな相手はわたしにも好きになって欲しいと思っているフシがあった。繊細で誰にも気をつかうかわいい子だった。こうしてめめのことを書いていると、そのときどきの表情や言葉が浮かんできて、胸のつまる思いがする。

この鷺沢萠の解説は、一九九三年刊の講談社文庫版『アニーの冷たい朝』に書いてもらった。わたしのもっとも好きな解説のひとつなので、ご遺族の了解を得て再掲載させていただいた。

わたしは最近、「怖い顔」をやめて、「戎《えべ》っさんのような顔」をしている。

*

おっちゃんは、怖い顔をしています。

どういう系統の怖い顔かというと、「ヤ」の付く自由業の方々系の怖い顔です。その上、あんまり喋りません。その上、眉毛《まゆげ》のところに傷があります。その傷は学生時代にテニスのラケットをぶつけて作った傷なのだという話ですが、「そう説明しても誰も信じてくれへんねん」と、ときどきぼやきます。あたり前です。

ただでさえそういう雰囲気のおっちゃんなのに、歩き方がまた輪をかけてそういう感じです。一度京都の町を一緒に歩いているときに、あまりにもおっちゃんが「そういう感じ」なので、おっちゃんの後方を歩いていたわたしは思わずおっちゃんの背中に声をかけました。
「あのね、そうやってね、肩を前後に揺さぶるのがいけないんだと思うんですよ。だからね、こう、肩を動かさないで歩いてみたらどうでしょう」
するとおっちゃんは肩越しにわたしを振り返り、「そうかあ？」と言いながら歩き方を直す努力をしはります。肩が動くのを一生懸命抑えながらおっちゃんはまた振り返り「これでええか？」と訊《たず》ねられましたが、その後ろ姿は新春の青い空に風をめいっぱい受けて浮かぶ凧《たこ》のようでした。わたしはあきらめて「もうええですよ、好きなように歩きはってください」と言いました。

そんな風貌《ふうぼう》のおっちゃんですから、はじめて会う人はたいていビビります。わたしなどはじめてお会いしたのが麻雀の席でしたからとても緊張して、牌《ぱい》を切るのがちょっとでも遅れたらこのおやじ怒り出すんじゃないかと気が気ではありませんでした。
ところがちょっと仲良しになると、おっちゃんの中身はその外見とは全然違うようだ、ということに気付きます。

まず、だらだらしている。いつもいつもどことなくだらだらしている。

あれは香港から帰る日のことでした。おっちゃんたちの飛行機は伊丹行き、わたしたちは成田行きで便が違い、おっちゃんのほうが二時間くらい早くにホテルを出なければいけませんでした。昼ごはんはみんな一緒にホテルで食べたのですがそのうちに時間が迫ってきてしまい、わたしたちは結構あせって「おっちゃん、もう出ないと間に合わないよ」と口々に言うのですが、本人は妙にゆったり構えている。煙草をくゆらしたりしている。「あと一時間で飛行機出ちゃうんだよッ」とまわりが叫ぶころになって、おっちゃんはようやく言いました。

「あー、ほなそろそろ急がんとあかんなあ」

ほなそろそろ、と言ってる場合ではありませんでしたが、そんな呑気《のんき》なこと言ってるおっちゃんの隣りで、やはりゆったりと構えパンなどもぐもぐ食べながら「せやなあ、もう行ったほうがええなあ」なんて言ってる人がいました。美人の誉れ高い、黒川夫人であります。

それと、これは説明するのが難しいんだけれど、おっちゃんはなんというか「いろんなことがどうでもいい人」です。一緒に旅行をしたりすると顕著に判るのですが、たとえば今日の夕食はどこに行きましょうか、と訊《き》いても「どこでもええよお」。何を飲みます？「何でもええよお」。どうします？「どうでもええよお」。主張ってモンはないのんかーと言いたくなります。

おっちゃんの「いろんなことがどうでもいい」部分を証明するエピソードとしては、ある本のカバー折り返しのところに印刷されていた写真の件もあります。よくある、簡単な著者紹介の上に小さな四角い写真が付いているという、あれです。

別にヘンな顔に写っている、というわけでもなかったのですが、実際のおっちゃんを知っている人にはどうも違和感のある写真でした。なんだか、しゃっちょこばっているのです。それでわたしはいつ撮った写真なのか、というようなことを訊きました。するとおっちゃんは事もなげに答えました。

「ああ、それな。パスポートの写真やねん」

わたしはひええ、と思いました。自分の本の著者紹介のところに載せる写真にパスポートの写真を使った、という人にわたしははじめて会いました。

ところで、わたしは、黒川博行の小説のファンです。推理小説を読みながらこんなにドキドキワクワクするのは久しぶりに経験する感覚です。だけど、あんまりたくさんは書かはらないのでちょっと残念です。きっとだらだらしているせいだと思います。もっと読みたいぞー。

黒川博行の小説は「大人の小説」です。わたしのごとき弱輩者がこんなこと言い出すのも口はばったいのですが、それでもわたしは、どんな文章でも書いているほうの人間が一段くらいは高いところ（あるいは遠いところ）に立っている、という立場をとっていないと読み苦しいものなのではないかと思います。おっちゃんの小説をわたしが「大人の小説」といったのは、書き手の姿が文章から決して透けないからです。最後できちんと落ちる。読み手が安心して物語の中に全身を委ねきってしまえる。破《は》綻《たん》がない。

書き手自らが話の中にずぶずぶと埋まっていってしまうという、小説を書くという行為そのものの中に仕掛けられた罠《わな》に陥ってしまいがちなわたしは、黒川博行の小説を読みながらしばしば「ニクいなあ……」と呟《つぶや》きます。このー、ニクいニクい。こういう言い方をするとヘンに聞こえるかも知れませんが、おっちゃんの「いろんなことがどうでもいい」部分こそが、黒川博行の小説の「大人の」部分につながっているのかも知れません。

　蛇足ながら付け加えれば、「いろんなことがどうでもいい」というのはもちろん小説に対してのことではありません。そういえば黒川博行の小説を読みながらわたしがいつも唸《うな》ることのひとつは、おそらくは書く作業自体よりも時間がかかっているのではないかと思われる徹底的な取材が根底にあることと、ものすごく緻密《ちみつ》で正確な構成が作品の真ん中にどん、と通っていることなのですが（そうしてだからこそ読者は安心しきって作品に身を委ねられるわけですが）、「わしメンドーなことはたいてい嫌いやねん」とだらだらしながらいつも言っているおっちゃんにとって、あんなにしっかりした、わたしだったら絶対に途中で「どうでもいいや、テキトーに書いちゃえ」という気分になるに違いないほどの取材をしたりすることは「メンドーなこと」ではないんだな、と思うとなんだか楽しい気持ちになってしまいます。

　そんなわけでわたしは、おっちゃんの新刊が出ると取りあえず枕もとに本を安置し、その日一日を、夜がやって来てベッドのほうに行ける時間が来るのを楽しみにしながら過ごすのです。そういう日はちょっとズルして早めに仕事を切りあげたりもします。そしてやっと毛布の中にもぐって、本を手に取るときの気持ち。それは見たくて見たくてたまらなかった映画とかお芝居とかを、やっと見られるようになって暗い劇場のシートに腰をおろしたときのような気持ちです。

今回、この文章を書くために『アニー』をもう一度読み返したときも、二度目にもかかわらずやっぱりそんな気持ちになりました。文庫本の場合は解説から先に読む人もいると思うのでここには具体的には書かないけれど、あの、あそこの部分。読むの二度目なんだからストーリーはもとから判っているにもかかわらず、わたしは再びひょえー、こええよー、と呟いてしまいました。あの、あそこの部分ね。ああ、バラしてしまいたい。

解説

タカザワケンジ（書評家）

しゃれたタイトルである。直木賞を受賞した『破門』をはじめとして、ベストセラーになった『後妻業』、近作の『桃源』など、黒川《くろかわ》作品のタイトルは素っ気ないものが多い。しかし『アニーの冷たい朝』というタイトルにはロマンチックな響きがある。アニーという欧米の女性の名前が醸し出す甘さと、冷たい朝という硬質の響き。しかし読み終えると、そのタイトルがぞっとするものに思えてくる。

物語は正体不明のある人物の一人称で始まる。その人物は若い女性の行動をうかがい凶悪な犯行に及ぶ。状況を観察し、行動を起こすその様子はきわめて冷静だ。だが女性を本名とは無関係の「アニー」という名前で呼ぶなど、何かがずれている。うっすらと漂う狂気の匂い。その一方でふわふわとした夢のなかのようでもある。私たちが読んでいるのは、一線を越えてあちら側にいってしまった犯罪者の頭のなかだ。現実味が薄れて当然なのである。

場面は変わり、女性は死体になってしまっている。セーラー服を身につけ、テニスシューズを履き、頭髪以外の全身の毛を剃《そ》ったうえに濃いファンデーションを塗られ、派手な化粧を施されるという奇妙な姿で。

ここからは夢から覚めたように一転してリアルな世界だ。大阪府警の刑事たちが現場に急行し事件捜査が始まる。犯人は制服マニアではないかと推理する矢代《やしろ》という若い刑事に、ベテラン刑事の谷井《たにい》が言う。「わしも長いことこの稼業してるけど、こんな奇妙な仏さんは初めてや」。かくして大阪府警シリーズのなかでも、もっとも猟奇的で、ミステリアスな事件捜査が始まった。

大阪府警シリーズとは、黒川博行《ひろゆき》のデビュー作『二度のお別れ』から始まる一連の警察小説のことだ。刊行順にタイトルを挙げると、『雨に殺せば』『海の稜線』『八号古墳に消えて』『切断』『ドアの向こうに』『絵が殺した』。『アニーの冷たい朝』は八作目に数えられる。九作目の『てとろどときしん』のみ短篇集で、十作目の『大博打』を含めてほかはすべて長篇である。

シリーズといえば、一般的には主人公が共通している連作であろう。その点で大阪府警シリーズは異色だ。大阪府警捜査一課の刑事たちが殺人や誘拐などの凶悪事件を追うという設定は共通するが、全作を通じて登場する登場人物はいない。

そもそも一作目の『二度のお別れ』はベテランの黒田《くろだ》と若い亀田《かめだ》の黒マメコンビだった。だが、二作目の『雨に殺せば』では黒田が三十代独身の黒木《くろき》に若返っている。呼称は黒マメコンビのまま。その理由について黒川自身が明かしている。『二度のお別れ』は第一回サントリーミステリー大賞で佳作を受賞した作品なのだが、選考委員から刑事コンビに華がないと指摘された。考えた末、こうすることにした。「亀田刑事はそのままにしておいて、黒田を黒木刑事にし、独身にしたのである。なんと、ま、テキトーな解決であったことか。」（『雨に殺せば』角川文庫版あとがき）。このエピソード、黒川博行という作家の人となりを感じさせてとてもよい。

黒マメコンビはそのかけあいの面白さから大阪府警シリーズを代表する二人となる。しかし、次の『海の稜線』で捜査にあたるのは文田《ふみた》と総田《そうだ》（通称総長）の〝ブンと総長〟コンビ。この二人に東京から来たキャリアの萩原《はぎわら》がからみ、大阪ＶＳ東京の丁々発止が繰り広げられる。『八号古墳に消えて』は黒マメコンビ。『切断』は新顔の久松《ひさまつ》・曾《そ》根《ね》という組み合わせ。『ドアの向こうに』は〝ブンと総長〟コンビに、今度は京都出身の五十嵐《いがらし》がからみ、大阪ＶＳ京都の会話が楽しめる。『海の稜線』と対になる作品だと言えるだろう。『絵が殺した』は〝ブンと総長〟コンビと同じ深町《ふかまち》班にいる吉永《よしなが》と、「常人とはワンテンポもツーテンポもずれている」小沢《おざわ》のコンビ。二人のずれっぷりもまた面白い。『アニーの冷たい朝』は初登場の谷井と矢代。『大博打』は深町班の竹内《たけうち》が語り手だが、そこに文田と総田、吉永も登場し、矢代も深町班の一員として捜査にあたる。『てとろどときしん』は短篇集なので、作品ごとに刑事も異なるが、黒マメ、吉永のほか、三柴《みしば》と野村《のむら》というコンビが出てくる。

このように複数の捜査官が主人公を務める理由について、杉江《すぎえ》松恋《まつこい》が『海の稜線』（創元推理文庫版）の解説で版元ごとに変えたのでは、と推測している。なるほどそうかもしれない。加えて、黒川博行のキャリアのなかでも比較的初期に書かれたものだからという理由もあると思う。全十作が一九八四年から九一年までの間に刊行されており、スタイルを模索していた時期だといえるからだ。

　たとえば、大阪府警シリーズの多くが刑事の一人称で書かれているのだが、『切断』と『アニーの冷たい朝』は三人称だ。『切断』では死体の一部を切り取り、次に殺した死体に差し込むという猟奇的な殺人事件が描かれる。この二作は異常犯罪を描いていること、犯人と刑事の双方が描かれるという形式が共通している。『切断』は久松・曾根、『アニーの冷たい朝』は谷井・矢代。どちらもこの作品以外にはコンビとして登場しないという点も同じだ。半分は犯人の視点になるわけだから、刑事を描く文章量は必然的に半分になる。そこで濃いキャラ付けは不要と判断されたのだと思う。その結果、どちらもテンポがよく、ページをめくる指が止まらない作品になっている。

『アニーの冷たい朝』には、『切断』にはない要素がある。それは被害者の視点である。追う者（刑事たち）と追われる者（犯人）のほかに狙われる者の視点があるのだ。

　府立高校の教師、足立由美《あだちゆみ》は二十三歳。大手服飾メーカーのモニターとなったことがきっかけで大迫《おおさこ》という男性と出会い、徐々に惹《ひ》かれていく。だが、同時に彼への疑惑が生まれてくる。私たち読者は由美の日常と平行して、殺人事件が連続し、捜査が進む様子を知っている。追う者と追われる者の緊張感のほかに、由美に危険が迫っているというサスペンスが醸成される。由美の頭のよさ、行動力に好感が持てることもあり、もしもこの作品が映画化されるなら彼女を演じる女優に脚光が当たるだろう。

このように代わる代わる視点が交代していく構成は、映画におけるカットバックを思わせる。カットが切り替わり、その頃一方誰それは何をしていた、と話が進んでいく手法のことだ。黒川博行は映画好きで知られていて、作品にもしばしば映画が出てくる。近作の警察小説『桃源』には、映画狂で脚本家志望の刑事が登場するほどだ。『アニーの冷たい朝』にも、由美が大迫と『シャイニング』らしき映画を見に行く場面があり、暗示的な効果をあげている。

『アニーの冷たい朝』の場面展開のスピード感、エピソードを積み上げていく緻密《ちみつ》さ、歯切れのいい会話。どれも欧米のウェルメイドなサスペンス映画を思わせる。それも構えはそれほど大きくないが、ピリリとスパイスがきいた作品だ。私が連想したのは、クリント・イーストウッド主演の『タイトロープ』、ルネ・クレマン監督のフランス映画『雨の訪問者』。性倒錯を題材にした映画では、アルフレッド・ヒッチコック監督の『サイコ』や、ウィリアム・ワイラー監督の『コレクター』を思い出した。いずれも無駄のない描写と展開、見終わったあとの余韻が特徴的だ。

私の学生時代の友人にフランス育ちの帰国子女がいた。彼女は日本の刑事ドラマは説明的すぎると文句を言っていた。フランスのドラマなら、犯人や被害者がその後どうなったかなんて描かずに視聴者に考えさせるのよ、と。『アニーの冷たい朝』のあざやかなラストシーンを読み終えて、その言葉を思い出した。

本書は二〇〇五年一月、創元推理文庫より刊行されました。
作中に登場する人名・団体等は、すべてフィクションです。
また、事実関係は執筆当時のままとしています。

アニーの冷《つめ》たい朝《あさ》

黒《くろ》川《かわ》博《ひろ》行《ゆき》

令和2年 4月25日　初版発行
令和6年 11月25日　4版発行

発行者●山下直久

発行●株式会社KADOKAWA
〒102-8177　東京都千代田区富士見2-13-3
電話　0570-002-301（ナビダイヤル）

角川文庫 22132

印刷所●株式会社KADOKAWA
製本所●株式会社KADOKAWA

表紙画●和田三造

●お問い合わせ
https://www.kadokawa.co.jp/（「お問い合わせ」へお進みください）
※内容によっては、お答えできない場合があります。
※サポートは日本国内のみとさせていただきます。
※Japanese text only

ISBN 978-4-04-109430-3　C0193

◆◆◆